Edgar Wallace
Der goldene Hades

Alle Edgar Wallace Kriminalromane:

1. Die Abenteuerin.
2. A. S. der Unsichtbare.
3. Die Bande des Schreckens.
4. Der Banknotenfälscher.
5. Bei den drei Eichen.
6. Die blaue Hand.
7. Der Brigant.
8. Der Derbysieger.
9. Der Diamantenfluß.
10. Der Dieb in der Nacht.
11. Der Doppelgänger.
12. Die drei Gerechten.
13. Die drei von Cordova.
14. Der Engel des Schreckens.
15. Feuer im Schloß.
16. Der Frosch mit der Maske.
17. Gangster in London.
18. Das Gasthaus an der Themse.
19. Die gebogene Kerze.
20. Geheimagent Nr. Sechs.
21. Das Geheimnis der gelben Narzissen
22. Das Geheimnis der Stecknadel.
23. Das geheimnisvolle Haus.
24. Die gelbe Schlange.
25. Ein gerissener Kerl.
26. Das Gesetz der Vier.
27. Das Gesicht im Dunkel.
28. Der goldene Hades.
29. Die Gräfin von Ascot.
30. Großfuß.
31. Der grüne Bogenschütze.
32. Der grüne Brand.
33. Gucumatz.
34. Hands up!
35. Der Hexer.
36. Im Banne des Unheimlichen.
37. In den Tod geschickt.
38. Das indische Tuch.
39. John Flack.
40. Der Joker.
41. Das Juwel aus Paris.
42. Kerry kauft London.
43. Der leuchtende Schlüssel.
44. Lotterie des Todes.
45. Louba der Spieler.
46. Der Mann, der alles wußte.
47. Der Mann, der seinen Namen änderte.
48. Der Mann im Hintergrund.
49. Der Mann von Marokko.
50. Die Melodie des Todes.
51. Die Millionengeschichte.
52. Mr. Reeder weiß Bescheid.
53. Nach Norden, Strolch!
54. Neues vom Hexer.
55. Penelope von der »Polyantha«.
56. Der Preller.
57. Der Rächer.
58. Der Redner.
59. Richter Maxells Verbrechen.
60. Der rote Kreis
61. Der Safe mit dem Rätselschloß
62. Die Schuld des Anderen.
63. Der schwarze Abt.
64. Der sechste Sinn des Mr. Reeder.
65. Die seltsame Gräfin.
66. Der sentimentale Mr. Simpson.
67. Das silberne Dreieck.
68. Das Steckenpferd des alten Derrick.
69. Der Teufel von Tidol Basin.
70. Töchter der Nacht.
71. Die toten Augen von London.
72. Die Tür mit den 7 Schlössern.
73. Turfschwindel.
74. Überfallkommando.
75. Der Unheimliche.
76. Die unheimlichen Briefe.
77. Der unheimliche Mönch.
78. Das Verrätertor.
79. Der viereckige Smaragd.
80. Die vier Gerechten.
81. Zimmer 13.
82. Der Zinker.

Edgar Wallace

Der goldene Hades

The golden Hades

Kriminalroman

Aus dem Englischen von
Gregor Müller

GOLDMANN

Umwelthinweis:
Alle bedruckten Materialien dieses Taschenbuches
sind chlorfrei und umweltschonend.

Jubiläumsausgabe
Februar 2000

Copyright © der deutschsprachigen Ausgabe 2000
by Wilhelm Goldmann Verlag, München,
in der Verlagsgruppe Bertelsmann GmbH
Umschlaggestaltung: Design Team München
Druck: Elsnerdruck, Berlin
Krimi: 05325
Herstellung: sc
Made in Germany
ISBN 3-442-05325-0

I

Frank Alwin hob umständlich die Hände, die mit Handschellen aneinandergefesselt waren, und riß sich den angeklebten Schnurrbart ab. Durch den schweren Vorhang drangen schwach die letzten Orchesterklänge, unter denen das Publikum das Theater verließ.

Der Requisitenverwalter kam eilig auf die Bühne.

»Tut mir leid«, entschuldigte er sich, »ich habe nicht gewußt, daß der Vorhang schon heruntergegangen ist. Heute abend ist die Vorstellung früher zu Ende als sonst.«

Frank nickte und sah zu, wie der Mann mit einem besonderen Schlüssel die Handschellen aufschloß und in Verwahrung nahm.

Noch vor fünf Minuten hatte Frank Alwin die Rolle des verruchten und bösen Grafen Larska gespielt, der bei einem Einbruch in die Bank von Brasilien ertappt und von dem tapferen, unbesiegbaren Kriminalbeamten verhaftet wird.

In Gedanken versunken blieb er noch eine Weile stehen. Die Arbeiter räumten die Versatzstücke fort, nach und nach wurden die Bühnenlampen ausgedreht. Als er endlich in den weißgetünchten Vorraum hinaustrat, von dem aus man über Treppen und durch Gänge zu den einzelnen Garderoberäumen der Schauspieler gelangte, stand dort ein junges Mädchen im Straßenkleid und wartete. Sie hatte ihre kleine Nebenrolle schon vor einer Stunde beendet. Frank dachte sich nichts Besonderes bei ihrem Anblick. Das einzige, was ihm in diesem Augenblick einfiel, war, daß er den großen Stoß Papiergeld, den er sich im letzten Akt aus dem Geldschrank der Bank angeeignet hatte, dem Requisitenverwalter nicht zurückgegeben, sondern einfach in die Tasche gesteckt hatte.

Er lächelte dem schüchtern wirkenden Mädchen zu, zögerte

einen Moment und griff dann in die Tasche. Er zog sechs Banknoten heraus und faltete sie sorgfältig.

»Marguerite«, sagte er mit einem gewissen Pathos, »das ist für Sie!«

Sie sah ihn erstaunt, fast bestürzt an, als er ihr die Scheine in die Hand drückte, aber er lachte nur lautlos vor sich hin und lief die Treppe zu seiner Garderobe hinauf, immer zwei Stufen auf einmal nehmend.

Erst als er fast oben angelangt war, kam ihm in den Sinn, was er angerichtet hatte. Wie hatte er das nur vergessen können! Er fluchte und eilte wieder nach unten, aber die junge Dame war inzwischen weggegangen.

Ärgerlich stieg er wieder nach oben und trat in seine Garderobe, wo sein Freund Wilbur Smith auf ihn wartete. Bequem in einen Armsessel zurückgelehnt, rauchte er ununterbrochen und füllte den Raum mit Tabaksqualm. Smith, früher Offizier beim Militär, war jetzt als Kriminalbeamter beim Polizeipräsidium in New York tätig.

»Hallo, Frank!« rief Wilbur. »Was machst du für ein Gesicht? Hat etwas nicht geklappt?«

»Ich bin ein Idiot!« stöhnte Alwin und ließ sich in den bequemen Sessel vor seinem Schminktisch fallen.

»In mancher Beziehung kann ich dir durchaus zustimmen, aber andererseits bist du auch ein sehr tüchtiger Schauspieler. Was für eine Dummheit hast du denn gemacht?«

»Ach, es handelt sich um dieses Mädchen...«

Smith grinste verständnisvoll.

»Na und? Was ist daran Außergewöhnliches? Wer ist sie? Entschuldige, ich will mich nicht in deine persönlichen Verhältnisse einmischen. Aber – seit wann machst du dir deswegen Skrupel?«

»Rede keinen Unsinn!« wehrte Frank gereizt ab. »Um dergleichen handelt es sich doch überhaupt nicht. Sie ist ein nettes kleines Mädchen, das zu unserem Ensemble gehört... Nun gut, ich kann es dir ja sagen. Sie heißt Maisie Bishop und hat eine kleine Rolle in dem Stück, das wir jetzt spielen.«

Wilbur nickte.

»Ich habe sie auf der Bühne gesehen. Sie ist wirklich sehr hübsch. Aber was hast du mit ihr?«

Frank antwortete nicht gleich.

»Heute abend kam sie zu mir –«, begann er, »ich war schon zum Auftritt bereit. Sie machte einen sehr besorgten Eindruck und erzählte mir, daß sie in großen Schwierigkeiten sei. Ihre Familie leide bittere Not, und sie bat mich, ihr etwas Geld zu leihen. Ich hatte im Augenblick natürlich keine Zeit, mich mit ihr zu beschäftigen – ich mußte hinunter, um auf mein Stichwort zu warten. Ich versprach aber, daß ich helfen wolle, und habe es dann völlig vergessen.«

»Nun, du kannst sie ja noch aufsuchen, sie ist doch sicher nicht schwer zu finden.«

»Das ist es nicht. Aber schau mal her!« Er steckte die Hand in die Tasche, holte den ganzen Stoß Banknoten heraus und legte ihn auf den Tisch. »Das ist natürlich falsches Geld, wie wir es auf der Bühne verwenden. Als ich sie nun unten im Vorraum warten sah, kam mir dieser blöde Einfall – das heißt, die Aufführung hatte mich so vollkommen absorbiert; und das Gespräch – oder wenn du willst, die Abmachung – mit ihr war wie ausgelöscht in meinem Gehirn, einfach vergessen. Ich wollte einen Scherz machen und gab ihr ein halbes Dutzend dieser Scheine. Es sollte wirklich nur ein Scherz sein.«

Wilbur Smith lachte.

»Aber deswegen brauchst du dir keine grauen Haare wachsen zu lassen! Geh einfach zu ihr hin! Aber selbst wenn sie verhaftet werden sollte, weil sie Falschgeld unter die Leute bringt, werde ich sie und auch dich schon durchbringen. Das verspreche ich dir. Das Risiko ist also nicht so groß.« Er stand auf, ging zum Schminktisch hinüber und nahm das dicke Banknotenbündel in die Hand. Die aufgedruckten Werte der Scheine waren ziemlich hoch. »Ich wundere mich, daß ihr auf der Bühne derartig gut gedrucktes Geld benützt.«

Frank war gerade dabei, sein Gesicht mit Creme einzureiben, um sich abzuschminken. Plötzlich hielt er inne.

»Eben, das ist mir auch schon aufgefallen. Es ist jedenfalls nicht das übliche Geld, das wir sonst immer haben. Man könnte fast glauben, daß es richtige Scheine sind.« Er wischte seine Hand am Tuch ab, nahm eine der Banknoten und betrachtete sie genau. »Das Wasserzeichen sieht ganz so aus, als ob es echt wäre. Ich möchte bloß wissen, wo diese Banknoten herkommen. Noch nie habe ich derart fabelhaft imitierte Scheine gesehen. Ich fürchte nur, daß die Leute Maisie das Geld als echt abnehmen, und daß der Irrtum erst später herauskommt. Wilbur, willst du mir nicht den Gefallen tun, schnell zu ihrer Wohnung zu fahren und mit ihr zu sprechen? Sie wohnt irgendwo im Osten, der Portier am Bühnenausgang kann die Adresse sofort nachschlagen.«

»Wirklich merkwürdig«, sagte Smith nachdenklich und rieb einen der Scheine zwischen den Fingern. »Ich habe auch noch nie so gut gedrucktes Falschgeld gesehen. Aber – um Himmels willen, was ist denn das?«

Er hatte die Banknote umgedreht und starrte entsetzt auf die Rückseite.

»Was hast du?« fragte Alwin beunruhigt.

Der Kriminalbeamte deutete auf ein gelbes Zeichen, das auf der Rückseite des Geldscheines aufgedruckt war.

»Was ist das?«

»Was glaubst du wohl, daß es sein könnte?« fragte Wilbur.

Seine Stimme klang seltsam.

»Es sieht fast nach einem Götzenbild aus.«

»Da hast du tatsächlich recht. Es ist eine Darstellung des goldenen Hades.«

»Wie? Ich verstehe nicht. Was soll es sein?«

»Der goldene Hades. Hast du nie vom Hades gehört?«

»Doch.« Frank lächelte. »Das ist der Ort, zu dem man Leute befördert, die einem im Weg stehen!«

»Ja, mit anderen Worten – die Unterwelt. Aber auch der Gott der Unterwelt selbst heißt Hades«, dozierte Smith. »Die Römer nannten ihn allerdings Pluto.«

»Aber warum golden?«

»Ich habe bis jetzt dreimal Gelegenheit gehabt, derartige Stempelaufdrucke zu sehen. In den beiden früheren Fällen waren sie mehr goldfarben.« Smith nahm die Banknoten vom Tisch auf und zählte sie genau durch. »Das sind zusammen sechsundneunzigtausend Dollar!«

»Glaubst du wirklich, daß es echtes Geld ist?« fragte Frank atemlos.

»Daran ist nicht zu zweifeln«, erwiderte der Kriminalbeamte. »Es sind echte Scheine. Wo hast du sie bloß her?«

»Ich habe sie auf die übliche Weise bekommen – vom Requisitenverwalter.«

»Den Knaben muß ich sprechen. Kannst du ihn nicht rufen lassen?«

»Wenn er noch nicht nach Hause gegangen ist.« Frank griff nach dem Hörer des Haustelefons und sprach mit dem Portier. »Ist Hainz schon weggegangen? – Wie? Er ist gerade im Begriff? Ach, bitte, schicken Sie ihn doch auf einen Sprung zu mir.«

Als der Requisitenverwalter die Garderobe betrat, fiel sein Blick sofort auf das Geld, das auf dem Tisch lag, und er griff danach.

»Ich wußte doch, daß ich etwas vergessen hatte, als ich Ihnen die Handschellen abnahm, Mr. Alwin! Ich will das Geld gleich . . .«

»Einen Moment –«, mischte sich nun Wilbur Smith ein, »Sie kennen mich doch, Mr. Hainz?«

»Jawohl.« Der Mann grinste. »Ich habe Sie zwar noch nie in

amtlicher Funktion erlebt, aber ich weiß natürlich trotzdem, wer Sie sind.«

»Woher haben Sie das Geld?«

»Das Geld? Sie meinen diese Scheine hier?«

»Ja.«

»Woher ich die habe?« wiederholte Hainz. »Nun, ich habe sie in dem Requisitengeschäft gekauft, von dem wir alle diese Utensilien beziehen. Ich hatte nicht mehr genügend Papiergeld für die Bühne, und so habe ich mir eben wieder welches besorgt. Als ich in dem Geschäft war, wurde gerade ein Plakat für den Film ›Der verführerische Reichtum‹ zusammengestellt, und ich sah, wie man solche Scheine als Einrahmung verwendete – sie wurden rundum auf einen großen Bogen geklebt.«

»Woher aber hat sie der Händler?«

»Ich weiß es nicht – von einer anderen Firma, nehme ich an.«

»Wo kann ich ihn erreichen? Haben Sie seine Privatadresse?«

»Ja.« Hainz zog ein Notizbuch aus der Tasche und schlug die Adresse nach. »Ich beschäftigte ihn nämlich auch hier auf der Bühne.«

Als Hainz gegangen war, sah Wilbur Smith seinen Freund besorgt an.

»Schminke dich endlich ab, Frank, damit man sich mit dir auf der Straße zeigen kann! Wenn du nichts dagegen hast, nehme ich das Geld an mich. Dann gehen wir in die Stadt und essen zu Abend.«

»Zum Teufel, was hat das alles zu bedeuten?«

»Das erzähle ich dir beim Essen«, erwiderte Wilbur Smith ausweichend.

2

Eine halbe Stunde später saßen sich die beiden Freunde in einem Restaurant gegenüber. Wilbur Smith wußte zwar nicht allzuviel über die Scheine mit den mysteriösen gelben Aufdrucken, aber alles, was er wußte, erzählte er Frank Alwin.

»Als ich das erste Mal einen solchen Stempel sah, hatte er tatsächlich Goldfarbe. Er befand sich auf der Rückseite einer Tausenddollarnote und war mit Goldbronze eingepudert worden. Außerdem stand, mit grüner Farbe aufgemalt, das Wort ›Hades‹ darunter. Du kannst im Lexikon nachschlagen, was dort unter ›Hades‹ zu lesen ist. Diese Tausenddollarnote kam auf seltsame Weise in meine Hand. Im Osten wohnte eine arme Frau, die als Zimmermädchen in einem Brooklyner Hotel arbeitete. Sie erzählte mir eine sonderbare Geschichte. Als sie eines Abends nach Hause zurückkehrte, kam ein Mann hinter ihr her, drückte ihr einen Stoß Banknoten in die Hand und ging weiter. Verblüfft lief sie in ihre Wohnung, machte Licht und besah sich die Bescherung genauer. Als sie die Scheine zählte, stellte sich heraus, daß es sich um die Summe von hunderttausend Dollar handelte. Sie traute ihren Augen nicht und nahm an, daß sich jemand einen Scherz mit ihr erlaubt hätte. Sie glaubte, wie du, daß es sich um falsches Geld handelte, legte es unters Kopfkissen und beschloß, sich am nächsten Morgen zu erkundigen, ob die Banknoten echt wären. In der Nacht wachte sie aber plötzlich auf, denn sie hörte, daß sich jemand in ihrem Schlafzimmer befand. Sie wollte gerade um Hilfe schreien, als ihr eine Stimme befahl, sich ruhig zu verhalten. Dann wurde eine Taschenlampe angeknipst, und die Frau sah, daß drei Männer mit schwarzen Masken vor ihrem Bett standen.«

Frank runzelte die Stirn und blickte den Kriminalbeamten prüfend an.

»Sag mal, willst du mich zum besten halten?«

Wilbur Smith schüttelte den Kopf.

»Nein, ich meine es vollkommen ernst. Die Leute fragten, wo sie das Geld hätte. Sie war sprachlos vor Schrecken, als sie die Revolver sah, die auf sie gerichtet waren, und zeigte auf das Kissen. Dann fiel sie in Ohnmacht. Als sie wieder zu sich kam, war das Geld verschwunden – bis auf eine Banknote, die die Räuber in der Eile übersehen haben mußten. Sie brachte den Schein am nächsten Tag zum Polizeipräsidium und erzählte dort ihre seltsame Geschichte. Mein Chef glaubte ihr nicht. Er nahm an, daß sie die Banknote aus dem Hotel gestohlen hätte, in dem sie arbeitete, und vermutete, daß sie hinterher Gewissensbisse bekommen und diese Geschichte erfunden habe, um sich herauszureden.«

»Und was geschah dann?«

»Ich wurde mit der Aufklärung des Falles betraut und erkundigte mich in dem Hotel. Es fehlte kein Geld, und die Leitung stellte der Frau das beste Zeugnis aus. Sie war zwar arm, aber absolut ehrlich. Es blieb uns nichts anderes übrig, als ihr die Tausenddollarnote zurückzugeben. Damals bekam ich zum erstenmal den Stempel mit dem goldenen Hades zu sehen. – Das zweite Mal geschah es unter ähnlich sonderbaren Umständen. Banknoten mit diesem Aufdruck fanden wir im Besitz eines gewissen Henry Laste, eines gewerbsmäßigen Spielers. Ein uniformierter Polizeibeamter hatte ihn in betrunkenem Zustand auf der Straße aufgelesen und zur Polizeiwache gebracht. Zufällig kam ich gerade dazu. Als die Taschen des Mannes durchsucht wurden, fanden wir acht solcher Banknoten zu je tausend Dollar. Wir sorgten dafür, daß er wieder nüchtern wurde, und dann erzählte er uns eine geradezu unglaubliche Geschichte. Seine Frau hätte diese Banknoten zwischen den Blättern eines Buches, das sie in einer Buchhandlung gekauft habe, gefunden. Er machte diese Aussage etwa um acht Uhr morgens, und ich war selbst dabei, als das Protokoll ausgefertigt wurde. Ich ging sofort in seine Wohnung, um seine Frau zu befragen. Sie wohnten in einem Mietshaus. Als wir an die Tür klopften, erhielten wir keine Antwort. Ich ahnte, daß etwas Besonderes vorgefallen sein mußte, ging zum Verwalter des Hauses und bat ihn, die Tür mit dem Hauptschlüssel zu öffnen.«

»War die Frau zu Hause?«

»Ja. Wir fanden sie in der Wohnung, aber sie war tot. Eine Kugel aus einer automatischen Pistole hatte sie mitten ins Herz getroffen. Alle Räume waren durchsucht, die Schubladen umgekehrt, die Kleiderschränke aufgerissen worden. Jacken, Hosen und Wäsche lagen auf dem Boden verstreut . . .«

»Ach, das ist der berüchtigte Higgins-Mord!« rief Alwin atemlos.

»Ja, der berüchtigte Higgins-Mord.«

»Und hast du weitere Banknoten in der Wohnung entdeckt?«

»Nein. Wir wollten den Mann unter Anklage stellen, diesen Mord verübt zu haben, aber es fiel ihm nicht schwer, ein Alibi beizubringen. Er war in einer Spielhölle gewesen und hatte dort zuviel getrunken. Um ein Uhr hatte ihn der Polizeibeamte auf der Straße gefunden – zehn Minuten nach zwei wurde der Mord verübt. Ausnahmsweise war es möglich, den Zeitpunkt der Tat so genau festzustellen. Der Schuß, mit dem die Frau niedergestreckt wurde, war aus nächster Nähe abgegeben worden und hatte solche Durchschlagskraft gehabt, daß er noch den Wecker auf dem Nachttisch getroffen und zum Stehen gebracht hatte. Die Zeiger standen auf zehn Minuten nach zwei.«

Die beiden saßen sich eine Zeitlang schweigend gegenüber. Das Stimmengewirr der sich unterhaltenden Gäste und das Klappern des Geschirrs klangen ihnen in den Ohren.

Plötzlich kam Frank Alwin zum Bewußtsein, daß auch er in Gefahr schwebte.

»Ich verstehe«, sagte er langsam. »Alle Leute, die mit diesen gestempelten Banknoten in Berührung kamen, wurden . . .«

»Überfallen«, fiel ihm Wilbur ins Wort. »Und aus diesem Grund werde ich dich heute abend auch nicht aus den Augen lassen, Frank!«

Sie waren seit vielen Jahren miteinander befreundet. Der Schauspieler Frank Alwin war Star des Coliseum-Majestic-Theaters geworden, und der Kriminalbeamte Wilbur Smith hatte mehr Erfolge aufzuweisen als die meisten anderen Beamten des Polizeipräsidiums.

Frank Alwin war während des Krieges drei Jahre lang der Nachrichtenabteilung des Geheimdienstes zugeteilt gewesen, und wenn er nicht ein so glänzender Schauspieler gewesen wäre und ein so großes Vermögen besessen hätte, würde er sich bei der Polizei sicher ebenso ausgezeichnet haben wie sein Freund.

»Mir ist die ganze Sache unheimlich«, sagte Alwin nach einer Weile. »Wer war denn eigentlich dieser Pluto?«

»Der Gott der Unterwelt. Ich habe in Erfahrung gebracht, daß es tatsächlich heutzutage noch überspannte Leute gibt, die ihn verehren. Man müßte einmal die Literatur darüber studieren und genau nachsehen, welche Rolle er in der antiken Mythologie spielt.«

In diesem Augenblick trat ein Kellner an den Tisch.

»Mr. Alwin, Sie werden am Telefon verlangt.«

Frank erhob sich, und Wilbur Smith wollte ihm folgen.

»Mach dir nur keine unnötigen Sorgen!« lachte Frank. »Die werden mich durchs Telefon nicht erschießen können. Und auf keinen Fall bekommen sie das Geld, denn du hast es ja in der Tasche.«

Zwei Minuten vergingen, und Frank Alwin kehrte nicht zurück.

Nach fünf Minuten wurde Wilbur unruhig und winkte einem Kellner.

»Gehen Sie doch bitte mal in die Vorhalle und sehen Sie nach, ob Mr. Alwin noch in der Telefonzelle ist.«

Der Kellner kam gleich darauf wieder zurück.

»Mr. Alwin ist nicht dort.«

»Zum Teufel, was soll das heißen? Er ist nicht dort?«

Wilbur Smith sprang auf, stieß hastig den Stuhl zur Seite und lief in die große Halle. Der Portier an der Tür, den er mit Fragen bestürmte, konnte nicht sagen, ob Mr. Alwin hinausgegangen war.

»Ich bin etwa fünf Minuten lang nicht auf meinem Posten gewesen. Bevor ich wegging, sah ich vor dem Eingang ein Auto warten – doch als ich zurückkam, war es nicht mehr da.«

Smith eilte auf die verlassene Straße hinaus, aber er konnte weit und breit niemanden sehen. Der Klubeingang wurde von zwei großen Bogenlampen hell beleuchtet. Am Trottoirrand sah Smith etwas liegen, ging darauf zu, bückte sich und hob es auf. Ein Blick genügte – es war Franks Hut, zusammengeknüllt und feucht. Er trug ihn näher ans Licht und griff mit der Hand hinein – als er sie herauszog, war sie rot von Blut.

3

Stufen – zwei, drei, vier – noch einmal vier Stufen. Treppenabsatz. Umdrehen. Eine Stufe – zwei Stufen – drei Stufen – vier Stufen – zusammen elf Stufen – Treppenabsatz – nein, die Treppe war zu Ende ...

Ein Schlüssel wurde umgedreht. Das Geräusch einer sich öffnenden Tür. Kalte, etwas muffige Luft wehte übers Gesicht – dann ging es weiter.

Frank Alwin war das alles nach und nach zum Bewußtsein – oder wenigstens Halbbewußtsein – gekommen, während sie ihn die Treppe hinuntertrugen. Seine Gedanken arbeiteten noch nicht völlig zuverlässig, sonst hätte er nicht erst bei zwei zu zählen begonnen. Sein Kopf schmerzte entsetzlich, und sein Gesicht war verklebt, als ob jemand eine Gummilösung darüber gegossen hätte. Als er sich rühren wollte, fühlte er im Arm einen stechenden Schmerz, der vom Handgelenk bis zum Ellbogen reichte. Aber der Kopf war das schlimmste. Die Pulse in den

Schläfen hämmerten, es war, als ob der Schädel in der Mitte durchgesägt worden wäre und sich nun die beiden Hälften aneinanderrieben. Die Qual war fast unerträglich. Am liebsten hätte er laut aufgeschrien, aber instinktiv wußte er, daß er schweigen mußte. Er hatte das Gefühl, daß ihn seine Träger mit der äußersten Sorgfalt behandelten. Schließlich legten sie ihn auf ein Bett.

Sprungfedermatratze, feuchtes Kissen – stellte er automatisch fest.

Eine elektrische Lampe wurde angedreht, und das blendendweiße Licht nach der Dunkelheit verursachte ihm noch größere Kopfschmerzen. Er stöhnte, drehte sich auf die andere Seite und stöhnte dabei noch lauter.

»Donnerwetter!« sagte jemand. »Sieh dir mal meinen Rock an! Blutflecken kann man nie richtig auswaschen. Ich muß ihn verbrennen. Es war auch zu blöd, daß wir den Kerl niederschlugen und hierherbrachten. Warum haben wir ihn nicht einfach auf der Straße liegenlassen?«

»Weil Rosie recht hat«, antwortete eine Stimme, die tiefer und unfreundlich klang.

»Rosie!« wiederholte der erste und lachte verächtlich.

Frank Alwin fragte sich, wer wohl Rosie sein mochte. Trotz seiner großen Schmerzen dachte er nach.

Er besann sich jetzt, daß er aus dem Restaurant hinausgegangen war, weil, weil ... Es fiel ihm im Augenblick nicht ein, warum er ins Freie getreten war. Nur eine verschwommene Erinnerung der Ereignisse war ihm geblieben. Auf jeden Fall lag er nun hier auf dem Bett, und er lebte noch – das war immerhin etwas. Aber die beiden hatten doch eben von Rosie gesprochen ...

»Ich sage dir, Rosie hat recht«, sagte der Mann mit der rauhen Stimme. »Dieser Smith ist der gefährlichste Kerl in New York, und wir haben alle Ursache, uns vor ihm in acht zu nehmen.«

»Und wie ist es mit Peter Corelly?« fragte der erste.

Der zweite schwieg. Er schien sich die Sache zu überlegen. Nach einer ganzen Weile sagte er: »Peter Corelly? Selbstverständlich ist Peter Corelly gefährlich, aber man wird ihn ja kaum für einen Fall heranziehen, der schon von Wilbur Smith bearbeitet wird. Außerdem ist es wohl eine viel zu schwierige Sache für Peter Corelly.«

Wieder trat eine Pause ein, und Alwin hörte, daß sich jemand die Hände wusch. Der Mann sang leise dazu. Merkwürdig, daß die Leute zu singen anfangen, wenn irgendwo ein Wasserhahn läuft.

»Aber das alles sind doch nur Annahmen«, meldete sich der erste wieder, und seine Stimme klang noch verächtlicher als vorher. »Rosie glaubt doch nicht etwa, daß Wilbur Smith die Verfolgung aufgibt, wenn sein Freund in Gefahr ist? Und wie soll er überhaupt erfahren, daß wir ihn nicht gleich umgebracht haben? Rosie meinte, wir würden zwei Fliegen mit einer Klappe schlagen, aber bis jetzt haben wir nicht einmal eine Fliege erwischt. Dieser armselige Tropf hat ja das Geld gar nicht, und er lebt!«

Von neuem langes Schweigen.

»Ja«, brummte dann der andere, »das scheint so zu sein. Vielleicht müssen wir unseren Plan ändern. Hat er wirklich gesagt, daß er Smith das Geld übergab? Oder war er so benommen, daß er nicht wußte, was er redete?«

»Der wußte ganz genau, was er sagte«, antwortete der erste. »Wilbur Smith hat das Geld, und dadurch ändert sich die ganze Lage.«

Frank versuchte verzweifelt, sich klarzumachen, was in den letzten Stunden oder in den letzten Minuten passiert war. Wann hatte er denn gesagt, daß Wilbur Smith das Geld habe? Er konnte sich nicht mehr an die paar Minuten erinnern, als er während des Transports das Bewußtsein wiedererlangt hatte.

Aber er zweifelte nicht daran, daß der Mann die Wahrheit sprach, und stöhnte aufs neue.

Einer der beiden trat ans Bett und beugte sich über ihn.

»Sie, heda! Fühlen Sie sich wohler?«

Es war der mit der unangenehmen Stimme.

Frank versuchte krampfhaft, die Augen zu öffnen – nach einiger Anstrengung gelang es ihm endlich. Viel konnte er nicht erkennen, denn der andere hatte sein Gesicht mit einem seidenen Taschentuch verdeckt.

»Sie haben Glück gehabt –«, hörte er den Gangster sagen, »von Rechts wegen sollten Sie längst tot sein. Sie befinden sich hier in einem kleinen Haus, das für mich gebaut worden ist. Es ist sehr wohnlich hier und komfortabel. Sie können auch ein kaltes Bad zur Erfrischung nehmen, wenn Sie wollen.«

Frank Alwin stöhnte wieder, dann hörte er nichts mehr, denn er verlor nochmals für Augenblicke das Bewußtsein. Der Mann mit dem halbverdeckten Gesicht setzte sich auf die Bettkante, drehte den Regungslosen auf den Rücken und schob ihm vorsichtig ein Augenlid hoch.

»Ich glaubte schon, er wäre hinüber – du hast ihn doch gar nicht so hart geschlagen, Sammy?«

Sein Kamerad lachte. Er war kleiner und untersetzter als der andere, aber schneller in seinen Bewegungen. Vorsichtig und behutsam untersuchte er Alwins Kopfwunden.

»Es ist nichts Ernstes – ein wenig Blut hat er allerdings verloren.« Er sah sich im Raum um – die Wände bestanden aus unverputzten Ziegelsteinen. »Es mag ja ganz nett hier sein«, meinte er dann, »aber ich bin froh, daß ich mich nicht dauernd hier aufzuhalten brauche. Tom, wenn wir uns je verstecken müssen, dann ist das jedenfalls der letzte Zufluchtsort, den ich mir wünsche. Ich weiß wohl, daß es hier ein Bad und eine Bibliothek mit vielen Büchern gibt, auch Vorrat an Konserven für lange Zeit. Sicher kannst du dich ein ganzes Jahr lang hier versteckt halten, wenn du nicht unvorsichtig bist. Ich hielt es zuerst auch für eine fabelhafte Idee, als Rosie diese Räume einrichtete. Er hat den ganzen Bau geplant, die Maurer von Mexiko herübergeholt und sie dann wieder fortgebracht. Niemand in New York weiß, wie das Haus gebaut wurde. Ich muß schon sagen, Rosie hat es sich fein ausgedacht.«

»Ich weiß nicht, was du immer mit Rosie hast!«

»Du hast ihn doch eben selbst noch ständig gelobt! Übrigens – da fällt mir ein ...« Sammy blickte auf zwei große Überseekoffer, die in einer Ecke des Raumes standen. »Rosie will, daß wir hier aufräumen.«

»Aufräumen!« wiederholte Tom. »Dann soll er herkommen und es selber tun. Das hat doch keine Eile.« Er überlegte einen Augenblick. »Aber vielleicht wäre es doch ganz gut, wenn wir Rosies Aufforderung nachkämen«, meinte er dann. »Er sagt, es wären Dinge in den beiden Koffern, die wir gebrauchen könnten. Auch recht gefährliche Sachen, wenn sie in falsche Hände kämen. Wir könnten das Zeug morgen abend in den Tempel schaffen. Und dann kann Rosie ja den Dummkopf überreden, es in sein Haus schicken zu lassen.«

Wer ist wohl der Dummkopf? dachte Alwin. Er hörte, wie ein Stuhl gegen die Wand gestellt wurde.

»Jetzt wird es aber allmählich Zeit – warum kommt denn Rosie nicht?« fragte einer der beiden.

Plötzlich ertönte ein scharfes Klopfsignal. Es schien von der Decke her zu kommen und klang, als ob jemand mit einem Spazierstock auf ein Steinpflaster stieße. Alwin überlegte sich, was wohl über diesem unterirdischen Raum sein mochte.

»Man braucht nur vom Wolf zu sprechen, dann ist er schon da«, sagte Sam. »Also, komm mit, Tom, er wird ja doch nicht heruntersteigen. Was sollte er auch mit diesem Kerl hier anfangen?«

»Ja, wir können ihn ruhig einen Augenblick allein lassen. Das Licht mag weiterbrennen. Hören wir erst einmal, was Rosie zu berichten hat!«

Als sie leise die Tür hinter sich geschlossen hatten, wandte Frank mit größter Mühe den Kopf. Er befand sich in einem geräumigen, rechteckigen Keller – allem Anschein nach erst vor kurzer Zeit errichtet. Auf dem Betonfußboden lagen weiche Matten. Jedenfalls stellte man sich einen Keller im allgemeinen ganz anders vor. In dem sauberen und gutbelüfteten Raum gab es drei Betten. Auf einem davon lag Alwin. Die anderen standen zu beiden Seiten der Tür. Die Zimmermitte nahm ein großer, einfacher Tisch mit zwei Stühlen und einem Sessel ein. Diese Möbelstücke und die beiden großen Kabinenkoffer waren die ganze Ausstattung.

In der der Eingangstür gegenüberliegenden Ecke befand sich eine zweite Tür. Wahrscheinlich führte sie zu dem Baderaum, von dem der Mann vorher gesprochen hatte.

Mit einer außerordentlichen Willensanstrengung gelang es Alwin, sich bis zur Bettkante zu schieben und sich aufzurichten. Alles um ihn her drehte sich. Er fühlte sich so unsicher, daß er jeden Augenblick umzusinken drohte, aber er riß sich zusammen, um nicht ohnmächtig zu werden. Vor allem hinderten ihn die furchtbaren Kopfschmerzen, klar zu denken. Trotzdem wollte er das Zimmer nach Waffen durchsuchen, die die anderen vielleicht unvorsichtigerweise zurückgelassen hatten – aber er war noch zu schwach.

Nachdem er sich ein paar Augenblicke mit größter Mühe aufrecht gehalten hatte, sank er wieder aufs Bett und legte sich zurück. Die Erleichterung und die Ruhe taten ihm so wohl, daß er vorläufig keinen Versuch mehr machte, sich zu erheben. Vorsichtig tastete er mit der Hand an den Kopf und entdeckte, daß man ihn oberflächlich verbunden hatte. Für den Augenblick blieb ihm nichts anderes übrig, als ruhig dazuliegen und sich von der furchtbaren Schwäche zu erholen. Er schlief.

Er erwachte, als die Tür aufging und die beiden Männer wieder eintraten. Tom ärgerte sich und fluchte über die Kabinenkoffer. Allem Anschein nach hatte Rosie nicht nachgegeben.

Obwohl die beiden mehr oder weniger verächtlich von ihm sprachen, mußte der Mann doch eine wichtige Rolle spielen.

»Nun, was fangen wir mit dem Kerl hier an?« fragte Sammy unvermittelt.

Frank wußte, daß damit er gemeint war.

»Wir wollen ihm noch bis morgen abend Zeit lassen und einmal sehen, was wir mit Smith machen können.«

»Glaubst du denn, wir könnten dem etwas anhaben?«

»Smith? Aber bestimmt. Der hat das Geld – Rosie sagt es, und Rosie muß es wissen.«

»Das macht allerdings einen Unterschied. Die Geschichte kompliziert sich, weil der hier nicht mehr in Betracht kommt. Und ich muß schon sagen, das ist nun bereits der dritte Fehler, den Rosie in den letzten drei Monaten gemacht hat.«

Sie verzogen sich jetzt nach der andern Seite des Raumes und sprachen leise miteinander, so daß Frank ihre Unterhaltung nicht mehr verstehen konnte. Er hörte nur, daß sie den einen Kabinenkoffer beiseite rückten, dann den zweiten öffneten und darin kramten.

Frank hielt die Augen geschlossen. Er fühlte sich noch sehr schwach. Nach einer Weile wurde die Tür geschlossen. Die beiden Männer hatten das Zimmer verlassen, und es herrschte wieder tiefe Stille.

4

»Es tut mir leid, daß ich Sie stören muß.«

Frühmorgens stand Wilbur Smith, den Hut in der Hand, vor der Tür eines kleinen Zimmers. Der ältere Mann, der ihm geöffnet hatte, trug einen alten Mantel über dem Schlafanzug und sah den unerwarteten Besucher aus schläfrigen Augen blinzelnd an.

»Bitte...«

»Hier – meine Karte!«

Der Mann nahm sie und las.

»Sie sind von der Polizei!« sagte er erschrocken. »Warum –? Was ist geschehen?«

»Es ist nichts Besonderes...«

»Sagen Sie nur nicht, daß Maisie...«

»Es ist nichts, für das Ihre Tochter verantwortlich wäre. Ich nehme an, daß Sie der Vater von Miss Maisie Bishop sind?«

»Treten Sie ein – ich mache Licht. Handelt es sich um das Geld?« fragte der alte Mann besorgt, als er den Besucher in das kleine, einfache, nett möblierte Zimmer führte. »Ich habe es auch nicht verstanden. Sehen Sie, Maisie fragte Mr. Alwin, weil er immer so freundlich zu ihr war – ja, aber ich bin selbst ganz erstaunt gewesen, als sie das Geld nach Hause brachte. Ich wußte nicht, daß er so reich ist. Ich dachte gleich, es müßte eine Verwechslung sein. Hat Mr. Alwin Sie deshalb hergeschickt?«

Wilbur Smith schüttelte den Kopf.

»Nein, das gerade nicht, aber wenn Sie nichts dagegen haben, möchte ich gern Ihre Tochter sprechen.«

Er wartete gespannt und atmete erleichtert auf, als er die Stimme des Mädchens hörte. Gleich darauf trat sie ins Zimmer. Sie sah hübsch aus, war aber ziemlich bleich. In der Hand hielt sie mehrere Banknoten.

»Wollen Sie mich deshalb sprechen?« fragte sie und hob die Scheine in die Höhe. »Mr. Alwin hat sie mir gegeben«, versicherte sie aufgeregt. »Ich dachte mir gleich, daß er sich geirrt haben müßte, konnte aber natürlich nicht ahnen, daß er gleich die Polizei verständigen würde...«

»Zunächst einmal möchte ich Sie darüber beruhigen – ich bin nur hergekommen, um mich zu überzeugen, daß Ihnen nichts passiert ist«, erwiderte Smith freundlich. »Wegen des Geldes brauchen Sie sich den Kopf nicht zu zerbrechen. Ich benötige die Scheine für ein paar Tage, und wenn dann nichts geschieht, werde ich sie Ihnen zurückerstatten.«

»Es war mir furchtbar peinlich, daß ich Mr. Alwin fragen mußte«, beteuerte Miss Bishop. »Aber mein Vater hat solche Geldsorgen, und wir sind seit Monaten die Miete schuldig. Zuerst bin ich alle unsere Bekannten um Hilfe angegangen, bevor ich mich an Mr. Alwin wandte. Es ist entsetzlich, wenn man die Leute um Geld bitten muß!«

»Ach, machen Sie sich deshalb wirklich keine Gedanken«, beruhigte sie Wilbur Smith. »Ich war Ihretwegen in Sorge...«

»Wieso?« fragte sie schnell. »Sind Sie denn um meine Sicherheit besorgt?«

Er untersuchte die Banknoten genau und sah, daß jeder Schein auf der Rückseite den gelben Stempel aufwies.

»Sehen Sie, das ist genau das gleiche Papiergeld!« Er zog, zu Maisies sichtlicher Verblüffung, das dicke Bündel Banknoten aus der Tasche, das Frank ihm übergeben hatte. »Sie können sich selbst davon überzeugen, daß die Nummern fortlaufend sind und an die Nummern dieser Scheine anschließen. Ich schreibe sie Ihnen auf!« Smith trug die Zahlen in sein Notizbuch ein und riß dann die Seite heraus. »Behalten Sie diesen Zettel, das sind die Nummern der Banknoten, die Sie mir übergeben haben. Doch wie ich schon sagte, Sie erhalten das Geld zurück – wenn in der Zwischenzeit nichts Besonderes passiert. Bis dahin...« Er griff nach seiner Brieftasche. »Sagen Sie mir doch bitte, welchen Betrag Sie von Mr. Alwin leihen wollten, damit ich Ihnen das Geld vorstrecken kann.« Als er sah, daß sie errötete, lachte er. »Sie müssen es so betrachten, daß ich es Ihnen im Auftrag von Frank Alwin überreiche.«

Aber dann kam ihm der furchtbare Gedanke, daß Alwin wahrscheinlich schon längst tot war.

Leise nannte sie eine verhältnismäßig kleine Summe. Er nahm den doppelten Betrag in Banknoten aus der Brieftasche und legte sie auf den Tisch.

5

Als Wilbur Smith an diesem Morgen nach nur zwei oder drei Stunden Schlaf in sein Büro kam, warteten eine Reihe von Zeitungsreportern auf ihn. Smith hatte im Umgang mit der Presse seine eigenen Methoden, die sich in den meisten Fällen als zweckmäßig erwiesen.

»Ja, Jungens«, bestätigte er, »es entspricht völlig den Tatsachen, daß Mr. Alwin verschwunden ist. Seit gestern abend ist er nicht mehr gesehen worden. Nun, es ist eine äußerst mysteriöse Angelegenheit, doch ich habe bereits einen Anhaltspunkt.«

»Besteht irgendeine Verbindung zwischen diesem Fall und der Ermordung Higgins?« wurde gefragt.

»Ja. Ich weiß nicht, was Sie auf den Gedanken bringt, aber Sie sind auf dem richtigen Weg, wenn Sie das vermuten. Alwin ist ein sehr guter Freund von mir, und Sie können sicher sein, daß ich nicht ruhen werde, bis man ihn aufgefunden und auch die Täter gefaßt hat. Damit Sie nun nicht alles durcheinanderbringen und nachher berichtigen müssen, will ich Ihnen erzählen, was passiert ist.«

Smith schilderte nun, was er mit Alwin erlebt hatte, wie er ihn im Theater abgeholt, mit ihm zu Abend gegessen hatte, wie Frank Alwin zum Telefon gerufen wurde und nicht mehr zurückkehrte. Die sonderbaren Banknoten und den goldenen Hades erwähnte er jedoch mit keinem Wort.

Das hielt er vorläufig für besser. Später konnte er die Presse immer noch darüber unterrichten, wenn es sich lohnte. Im Augenblick wollte er die geheimnisvollen Täter nicht warnen und womöglich zu Gegenmaßnahmen veranlassen.

Aber seine Rechnung ging nicht auf, denn plötzlich kam aus dem Hintergrund die Frage: »Nun, Smith, was hat es eigentlich mit dem goldenen Hades auf sich?«

Wilbur Smith sah von einem zum andern.

»Wer war das?« fragte er scharf.

Einer der Berichterstatter kam langsam nach vorn und legte einen Brief auf den Tisch.

»Heute morgen haben wir diesen Brief erhalten!«

Smith nahm das Blatt – es war bestes Büttenpapier – und las die kurze, mit Schreibmaschine geschriebene Nachricht:

›Warnen Sie Wilbur Smith. Wenn er seinen Freund retten will, darf er keine weiteren Nachforschungen über den goldenen Hades anstellen.‹

Smith starrte lange auf die paar Zeilen.

»Wann haben Sie den Brief erhalten?«

»Etwa eine halbe Stunde, bevor ich das Büro verließ. Er wurde dem Lokalredakteur als Rohrpostbrief zugestellt. Ich erhielt das Schreiben, um Sie zu verständigen. Was für eine Bewandtnis hat es nun aber mit dem goldenen Hades?«

Smith lächelte.

»Das möchte ich ja auch ganz gern wissen, mein Junge! Bis jetzt tappe ich noch völlig im dunkeln. Haben Sie etwas dagegen, wenn ich den Brief an mich nehme?«

»Aber das ist doch nicht das erste Mal, daß Sie etwas vom goldenen Hades hören?« fragte der Reporter hartnäckig weiter. »Wenn Sie selbst noch nicht völlig klarsehen, gut – aber Sie können uns doch wenigstens das sagen, was Sie wissen, Mr. Smith!«

Wilbur Smith sah dem jungen Mann offen ins Gesicht.

»Das wäre genau das, was die Kerle herausfinden möchten – das ist der Zweck dieses Briefes, und deshalb werde ich Ihnen nichts dergleichen sagen. Vielleicht lebt Alwin noch – sie haben ihn entführt und wollen möglicherweise ein Lösegeld herausschlagen. Kann sein, daß sie ihn umbringen, wenn ich die Sache weiterverfolge. Eines aber ist sicher – mit diesem Brief sollte die Presse auf den Fall gehetzt werden. Ganz folgerichtig setzten die Gangster voraus, daß Sie versuchen würden, alles, was ich über den goldenen Hades weiß, aus mir herauszuholen, um es zu veröffentlichen. Aber ich gehe nicht auf den Leim!«

Smith entließ die Presseleute und ging ins Nebenzimmer. Sein Vorgesetzter, der grauhaarige Mr. Flint, hörte sich seinen Bericht an, ohne ihn zu unterbrechen.

»Das klingt wie ein spannender Kriminalroman«, sagte der Chef.

»Ja, sicher«, stimmte Wilbur Smith zu. »So etwas haben wir noch nicht erlebt. Im Vergleich dazu ist die Sache mit der ›Schwarzen Hand‹ ein Kinderspiel und ein Mord im Chinesenviertel eine Bagatelle.«

Flint rieb sich das Kinn.

»Wissen Sie, was ich an Ihrer Stelle täte? Ich würde Peter Corelly für die Aufklärung des Falles zuziehen.«

»Peter Corelly!« fiel Smith ein. »Ja, da haben Sie recht. An den habe ich im Augenblick gar nicht gedacht. Ich werde ihm ausrichten lassen, daß er mich aufsuchen soll.«

»Wo ist das Geld?« fragte der Chef.

»In meinem Safe. Ich werde es Ihnen gleich herbringen.«

Einige Minuten später hielt Flint die Banknoten in der Hand und untersuchte sie genau.

»Zuerst müssen Sie natürlich herausbringen, wie das Geld überhaupt ins Theater kam. Mit dem Requisitenverwalter haben Sie schon gesprochen, sagten Sie?«

»Ja. Ich muß nun noch den Händler aufsuchen, von dem er die Scheine erhalten haben will. Vielleicht fällt dann neues Licht auf die Sache. Ich will das Geld auch zur Staatsbank bringen und dort prüfen lassen. Auf jeden Fall kann ich dort erfahren, an welche Bank die Noten ausgegeben wurden. Wenn wir erst einmal so weit sind, werde ich vielleicht auch herausfinden, warum das Geld so sonderbar gestempelt ist und warum jeder, der es in der Tasche hat, mit derartigen Unannehmlichkeiten rechnen muß.«

Er steckte die Scheine in die Tasche, ging in sein Büro zurück, um Corelly telefonisch eine Nachricht zu hinterlassen, dann verließ er das Polizeipräsidium. Der Beamte, der den Dienst am Eingang versah, beobachtete, wie Smith ein Taxi anrief und wegfuhr.

Drei Stunden später wurde der Kriminalbeamte scheinbar tot in einer leeren Wohnung in der Nähe der Jamaica Street aufgefunden. Nachdem er ins Krankenhaus gebracht worden war, durchsuchte Peter Corelly seine Kleider, aber die Banknoten waren verschwunden.

6

»Ein Schuß durch die rechte Schulter, beide Beine gebrochen, außerdem Schädelbruch, Gehirnerschütterung und einige wunde Stellen am Körper«, berichtete Peter Corelly dem Chef, als er aus dem Krankenhaus zurückkam. »Die Schulterverletzung wird hoffentlich glatt heilen. Der Arzt hat nur wegen des Schädelbruchs Bedenken. Man kann Wilbur Smith noch nicht genauer untersuchen, aber sein Zustand scheint sehr ernst zu sein.«

»Hat er denn das Bewußtsein wiedererlangt?« fragte Flint und spielte nervös mit dem Füllfederhalter.

»Ja, offenbar.«

Peter Corelly war groß und machte einen melancholischen, fast mürrischen Eindruck. Er ging leicht gebeugt, was seiner hageren Gestalt etwas Gebrechliches verlieh und die meisten Leute täuschte. Sie hielten ihn für energielos und kränklich, aber er war weder das eine noch das andere. Er sah immer übermüdet und schläfrig aus und war sich des Eindrucks, den er hervorrief, auch bewußt – er nützte ihn dazu aus, andere in Sicherheit zu wiegen.

Corelly hatte schon einige wichtige Kriminalfälle aufgeklärt. Vor allem hatte er Schlagfertigkeit und scharfen Verstand gezeigt, als er Madame Recamier verhaftete und ihre Schuld nachwies. Bei dieser großen Skandalaffäre waren verschiedene führende Persönlichkeiten entlarvt worden. Ein andermal hatte er Eddie Polsoo achttausend Meilen weit verfolgt, nachdem dieser mit Mrs. Stethmans Vermögen durchgebrannt war. Und Eddie hatte erfahren müssen, was hinter der scheinbaren Lethargie Corellys in Wirklichkeit steckte.

»Ich habe Ihnen jetzt alles erzählt, was ich von der Geschichte weiß, Corelly –«, sagte der Chef. »Smith wußte auch nicht mehr. Sehen Sie zu, daß Sie die Bande drankriegen – es ist höchste Zeit. Selbst vor der Polizei machen diese Leute nicht halt. Einer unserer besten Beamten ist entführt und übel zugerichtet worden – und das am hellen Tag! Aus diesen Tatsachen können wir schließen, daß es sich um eine große Organisation handelt, die jedenfalls stärker und gefährlicher ist, als Wilbur Smith wohl angenommen hat.«

Corelly nickte.

»Dann muß ich die Sache eben in die Hand nehmen. Das ist doch wohl der Sinn Ihrer Darlegungen?«

Flint sah ihn scharf an.

»Sie tun so, als ob Ihnen das unangenehm wäre. Ich verstehe Sie nicht. Sie haben ja früher studiert, so daß Sie sich auch einem anderen Beruf hätten zuwenden können. Aber nachdem Sie nun einmal bei uns sind, finde ich doch, daß Sie sich etwas mehr für die Arbeit interessieren könnten!«

Corelly unterdrückte ein heftiges Gähnen.

»Ja, ich bin hier – aus dem einfachen Grund, weil ich ja mit irgend etwas meinen Lebensunterhalt verdienen muß. Das ist die ganze Erklärung. Es ist nicht gerade angenehm, dauernd seine Nase in anderer Leute Angelegenheiten zu stecken, und ich kann nicht sagen, daß mich die Sache sehr begeistert. Ich habe mir gleich gedacht, daß ich diesen Fall übernehmen muß. Bis Smith wieder so weit hergestellt ist, daß er auf der Bildfläche erscheinen kann, dürften immerhin etliche Wochen vergehen – das heißt, wenn er überhaupt wieder gesund wird...«

»Sie sind ein Pessimist!« rief Flint ärgerlich. »Und machen Sie sich jetzt an die Arbeit!«

Peter Corelly ging ins Büro von Wilbur Smith, suchte sich den bequemsten Sessel aus, machte es sich darin bequem und fiel sofort in Schlaf. Drei Beamte kamen nacheinander herein, sahen ihn und schlichen auf Zehenspitzen wieder hinaus. Als aber Flint selbst zufällig das Zimmer betrat, wurde er wütend, packte Corelly an den Schultern und rüttelte ihn wach.

»Sagen Sie, was hat das zu bedeuten?« fragte er streng. »Sie treiben Ihre Gleichgültigkeit doch ein wenig zu weit! Ich dachte, Sie hätten sich sofort aufgemacht, um die Mörder Ihres Kollegen zu verfolgen.«

Corelly blinzelte ihn an, dann streckte er sich.

»Sie haben vollkommen recht«, meinte er, »aber ich habe die letzten drei Nächte überhaupt nicht geschlafen, weil ich mich bereits mit der Sache befaßte. Es ist also nicht weiter verwunderlich, daß ich etwas müde bin.«

»Wie kommen Sie dazu, sich mit dem Fall zu beschäftigen, bevor Sie den Auftrag dazu haben?« fragte Flint erstaunt. »Ich habe Ihnen doch erst vorhin die näheren Umstände mitgeteilt.«

»Ich verfolge die Geschichte schon über eine Woche«, erwiderte Corelly gähnend. »Wenn ich nicht so furchtbar schläfrig gewesen wäre, hätte ich vielleicht Smith noch warnen können.« Er sah nach der Uhr. »Auf jeden Fall passiert in der nächsten Viertelstunde nichts. Aber dann habe ich eine Zusammenkunft verabredet.«

Flint schloß energisch die Bürotür.

»So, jetzt sagen Sie mir mal alles, was Sie von dem Fall wissen!«

»Ach, es ist eigentlich nicht besonders viel«, begann Corelly und schüttelte den Kopf. »Ich habe die Sache nur von einer anderen Seite aus angepackt als Smith. Auch ich habe die Geldscheine gesehen, die den Stempel des goldenen Hades auf der Rückseite tragen. Die Sache begann etwa vor sechs Monaten.

Damals war ich hinter Tony Meppelli her, der bei einem Frühstück einem anderen Desperado einen Dolch zwischen die Rippen jagte und dann verschwand. Aus bestimmten Gründen war es für meine Nachforschungen wichtig, in einer ärmlichen Gegend der Stadt zu wohnen. Ich mietete mir also ein Zimmer, und bei der gleichen Frau wohnte auch ein Mädchen, das in einer Fabrik arbeitete. Schön war sie nicht, ebensowenig interessant, aber man konnte sich auf sie verlassen. Außerdem hatte sie eine optimistische Lebensanschauung, und wenn es überhaupt etwas gibt, was das Leben erträglich machen kann ...«

»Hören Sie bloß mit Ihren philosophischen Anmerkungen auf«, unterbrach der Chef ärgerlich, »und kommen Sie endlich zu den Tatsachen!«

»Das junge Mädchen hieß Madison. Ob der Madison Square nach ihr benannt wurde oder umgekehrt, konnte ich nicht herausbekommen. Sie ging eines Abends zur Versammlung einer frommen Gemeinschaft, der sie angehörte, aber kaum war sie ein paar Schritte vom Haus entfernt, trat ein Mann zu ihr – wie aus der Dunkelheit aufgetaucht, schien es ihr. Natürlich war sie daran gewöhnt, daß Männer sie ansprachen, aber sie machte sich weiter nichts daraus. Sie wollte ihm gerade ein paar unfreundliche Worte sagen, als er ihr ein Paket in die Hand drückte. ›Mögen Ihnen die Götter Glück bringen!‹ sagte er leise zu ihr und verschwand wieder in der Dunkelheit. Sie konnte sein Gesicht nicht erkennen, aber als ich sie ausfragte, versicherte sie, daß es sich um einen gebildeten Mann handeln müßte. Zufällig kam ich die Treppe herunter, als sie in ihre Wohnung zurückkehrte, und sie erzählte mir alles ziemlich genau. Zuerst glaubte ich, man hätte ihr einen Ziegelstein oder eine Bombe in die Hand gedrückt, und gab ihr den guten Rat, das Paket in mein Zimmer – oder vielmehr in mein Atelier zu tragen. Ich spielte nämlich dort die Rolle eines armen, aber begabten jungen Malers. Als ich jedoch das Packpapier entfernte, kamen vier dicke Bündel Banknoten zum Vorschein – jedes zu dreißigtausend Dollar. Wir sahen uns erstaunt an, dann betrachteten wir verblüfft die Scheine auf dem Tisch. Als ich sie genauer prüfte, bemerkte ich, daß sie auf der Rückseite einen Stempel enthielten. Er stellte eine Art Götzenbild dar, und die Druckfarbe war mit Goldbronze eingestäubt, aber man sah gleich, daß es dilettantisch ausgeführt worden war.«

»War es tatsächlich echtes Geld?«

»Daran war nicht zu zweifeln. Ich bekomme zwar nicht viel Geld in die Finger, aber ich verstehe doch, echtes von falschem zu unterscheiden. Das Mädchen war außer sich vor Freude. Sie gehörte zu den einfachen Gemütern, die noch an Wunder glauben. Und nun zeigte sich, daß sie sich in aller Stille einen großen Plan ausgedacht hatte. Sie wollte ein großes Haus bauen lassen, das jungen Mädchen, die ihren Lebensunterhalt selbst verdienen müssen, ein Heim bieten sollte. Ja, der Optimismus so einer einfachen Seele hat etwas...«

»Fangen Sie nicht wieder zu faseln an!« fuhr Flint dazwischen. »Erzählen Sie lieber weiter!«

»Jedenfalls«, nahm Corelly, der sich nicht leicht einschüchtern ließ, seinen Bericht wieder auf, »war sie fest davon überzeugt, daß ihr diese Gabe vom Himmel zugekommen sei, und besprach mit mir schon wichtige Fragen, zum Beispiel, ob die Schlafzimmer weiß gestrichen werden sollten, oder ob hellblau hübscher wäre. Schließlich nahm sie das Geld mit in ihr Zimmer, und ich ging auf die Straße. Ich war sehr überrascht und verwirrt und nahm mir vor, an diesem Abend früh Schluß zu machen. Aber ich geriet auf Tony Meppellis Spur. Er hatte ziemlich viel Branntwein getrunken und war in großer Fahrt. Ich habe schon oft beobachtet, daß Leute, wenn sie trinken...«

»Darauf kommt es jetzt nicht an – Sie sollen mir die Geschichte zu Ende erzählen!«

»Also, gut, es gelang mir damals, wie Sie wissen, Tony zu verhaften und in eine Zelle einzuliefern. Und als ich meine Aufgabe erledigt hatte, machte ich mich auf den Weg zu meinem

Zimmer. Ich wollte meine Sachen packen, die Nacht noch bequem und in aller Ruhe schlafen und dann ausziehen. Es war fast ein Uhr, als ich meine Pension erreichte. Zu meinem Erstaunen sah ich, daß noch Licht im Wohnzimmer der Wirtin brannte. Das war mir sehr recht, denn so konnte ich gleich auch die Miete bezahlen. Als ich die Tür öffnete, sah ich das Mädchen. Sie hatte auf mich gewartet und erzählte mir nun eine sonderbare Geschichte. Bald nachdem ich das Haus verlassen hatte, hielt ein Auto vor der Tür. Ein älterer Mann stieg aus, der eine schwarze Tasche trug. Er gab sich als Generaldirektor der Nationalbank aus und eröffnete ihr, daß er von dem Herrn, der ihr das Geld gegeben habe, aus dem Schlaf geweckt worden sei, weil der Wohltäter fürchte, daß sie es verlieren könnte. Deshalb habe er sich an ihn, den Generaldirektor, gewandt und ihn gebeten, die Summe in Empfang zu nehmen und auf der Bank zu deponieren. Er stellte ihr eine Quittung aus. Sie zeigte mir ein vorgedrucktes Formular der Bank. Soweit war die Sache in Ordnung. Das Papier war auch mit dem Namen des Generaldirektors der Nationalbank unterschrieben. Die Quittung lautete auf hundertzwanzigtausend Dollar.«

Corelly machte eine Pause.

»Und was geschah weiter?« drängte Flint.

»Nichts. Weder von dem Geld noch vom Direktor hat sie je wieder etwas gehört.«

»Natürlich«, meinte Flint.

»Na ja ...«

»Das ist alles sehr sonderbar. Ich verstehe nicht, warum man ihr zuerst das Geld gibt und es ihr gleich darauf wieder abnimmt. Haben Sie eine Erklärung dafür?«

»Ich stelle niemals Theorien auf«, erwiderte Corelly. »Dadurch werde ich nur in der Arbeit behindert. Es genügt mir, wenn ich ein paar Tatsachen habe. Als ich vor etwa einer Woche erfuhr ...« Plötzlich hielt er inne und fragte unvermittelt: »Kennen Sie eigentlich einen gewissen Fatty Storr?«

Der Chef nickte.

»Ja. Fatty ist Engländer. Ziemlich groß, sieht aber ungesund aus – noch viel schlimmer als Sie! Wir kennen ihn recht gut. Bringt gefälschtes Geld unter die Leute. In der letzten Zeit habe ich nichts mehr von ihm gehört. Man nennt ihn Fatty, weil er so mager ist.«

»Zur Zeit hat er große Schwierigkeiten. Kürzlich wurde er auf der Straße beobachtet. Er war sehr gut gekleidet, was immer darauf schließen läßt, daß er wieder geschäftlich tätig ist. Man sah ihn vor einem großen Geschäft stehen. Er zog eine Banknote aus der Hüfttasche, faltete sie zusammen und steckte sie leger in die Westentasche. Er wurde beobachtet ...«

»Wer hat ihn denn gesehen?« fragte Flint ungeduldig.

»Ich habe ihn gesehen«, erklärte Corelly unbeirrt, »denn ich beschattete ihn, und das ist natürlich die sicherste Art ...«

»Warum haben Sie das nicht gleich gesagt?«

»Also, er ging in das Geschäft, machte einen kleinen Einkauf und gab dem Kassierer einen Tausenddollarschein. Mag sein, daß es einige Zeit dauerte, bis die Banknote gewechselt werden konnte. Vielleicht hat Fatty aber auch irgendein Tuscheln unter den Angestellten falsch aufgefaßt. Jedenfalls verließ er den Laden in großer Eile und ging fort. Als er sich umdrehte, sah er aber mich und hörte auf zu gehen.«

»Wartete er auf Sie?« fragte Flint.

Peter Corelly schüttelte den Kopf.

»Wenn ich sage, er hörte auf zu gehen, dann meine ich doch, daß er anfing zu laufen. Und das versteht Fatty glänzend. Nach kurzer Zeit verlor ich ihn in einem Labyrinth von kleinen Straßen und Gassen, aber später stieß ich zufällig wieder mit ihm zusammen. Er sagte, daß er mit einem echten Geldschein bezahlt hätte, und ich brachte ihn zu dem Geschäft zurück. Zuerst wollte er nicht hineingehen, aber ich redete ihm gut zu. Wir sprachen mit dem Geschäftsführer. Fattys Geldschein war an der Kasse angenommen worden, und ich ließ ihn mir zeigen. Als ich ihn umdrehte, sah ich auf der Rückseite den goldenen Hades. ›Das ist ja der Mann –‹, sagte der Geschäftsführer, ›er ist weggegangen, ohne auf das Wechselgeld zu warten. Hat er den Schein gestohlen?‹ – ›Ist er gefälscht?‹ erkundigte ich mich. Das wurde vom Geschäftsführer verneint. ›Es kommt ja nicht häufig vor, daß bei uns mit einer Tausenddollarnote bezahlt wird, aber wir haben unsere Methoden, Banknoten zu prüfen. Der Schein ist echt.‹ – Am meisten erstaunt war Fatty selbst. Er wäre beinah ohnmächtig geworden, als er erfuhr, daß er echtes Geld unter die Leute gebracht hatte. Ich nahm ihn zur Polizeistation mit, aber unterwegs verlor er die Fassung und fing an zu weinen und zu heulen wegen der vielen Dollarscheine, die er einem kleinen Jungen gegeben habe.«

»Unheimliche Geschichte – «, brummte Flint, »und wird immer verwirrter! Was halten Sie denn nun wirklich davon?«

»Das kann ich im Augenblick noch nicht sagen, ich bin ja erst dabei, etwas herauszufinden.«

»Und Sie haben sich also schon länger mit der Sache beschäftigt?« fragte Flint irritiert und noch immer ungläubig.

»Ja, ganz richtig, so ist es. Daß Fatty nichts weiter sagen wollte, ist wohl selbstverständlich, aber er verlangte dringend, entlassen zu werden. Er müsse, jammerte er, den Jungen suchen, dem er die vielen echten Banknoten gegeben habe. Als er nämlich gesehen hatte, daß ich ihn verfolgte, wollte er das Geld, das er ja für gefälscht hielt, loswerden. Ich veranlaßte, daß er heute hierher ins Präsidium gebracht wird, weil Wilbur Smith ihn verhören sollte. Vermutlich haben die Beamten von der Polizeistation ihn inzwischen hier abgeliefert.«

»Dann sehen Sie doch einmal nach, wo er jetzt steckt – und wenn er hier sein sollte, bringen Sie ihn zu mir!«

7

Peter Corelly suchte die Zelle auf, in der man den Gefangenen untergebracht hatte.

Fatty sah verwahrlost aus. Die Tage der Haft hatten ihm zugesetzt. Er hatte eine niedrige Stirn und trug das graue Haar zurückgebürstet. Er saß auf einem Stuhl, und als Corelly, begleitet von zwei Polizeibeamten, eintrat, sah Fatty ihn düster an.

»Sie haben mich jetzt lange genug gefangengehalten! Dazu haben Sie überhaupt kein Recht. Ich bin englischer Untertan, und ich werde mich beim englischen Gesandten über die Art und Weise, wie Sie mich behandelt haben, beschweren, Sie - Sie verdammter Schuft!«

»Aber Fatty!« sagte Corelly vorwurfsvoll. »Können Sie sich denn nicht anständig benehmen? Kommen Sie mit, der Chef will Sie sprechen. Dem können Sie sich anvertrauen – der ist eher geneigt, ein Auge zuzudrücken, als ich, denn er hat Frau und Kinder zu Hause.«

Fatty machte ein böses Gesicht, folgte aber den Polizeibeamten, die ihn in Flints Büro brachten.

»Hier ist der Kerl!« sagte Corelly.

Flint nickte dem Gefangenen zu. Er kannte ihn schon seit vielen Jahren.

»Beachten Sie doch die unzulängliche Entwicklung der Stirn, die Verlagerung der Schläfen und die allgemeine Form des Wasserkopfes...«

»Ihre Vorlesung über Anthropologie können Sie später halten, wenn ich nicht dabei bin!« fiel der Chef Corelly ins Wort. »Also, mein Junge, jetzt wollen wir uns mal ein wenig unterhalten. Wir haben Sie mit dem Geld geschnappt, das Sie gestohlen haben...«

»Was wollen Sie?« fuhr Fatty auf. »Was soll ich denn gestohlen haben? Das Geld, das ich bei mir hatte, war vollkommen echt – Sie können mir nichts anhaben, weil ich echtes Geld ausgegeben habe.«

»Deshalb machen wir Ihnen auch keinen Vorwurf. Sie sind verhaftet worden, weil Sie im Besitz einer großen Geldsumme waren. Es kommt nicht darauf an, ob es sich um echte oder gefälschte Banknoten handelt, sondern darauf, daß Sie vermutlich nicht auf ehrliche Weise in den Besitz dieser Summe gekommen sind.«

»Wir kennen Sie nur zu gut«, fiel Corelly ein, »und wir wissen, daß Sie nicht imstande sind, Geld im Schweiße Ihres Angesichts zu verdienen. Sie schwitzen höchstens, wenn Sie davonlaufen.«

»Also, Fatty, erzählen Sie schon alles, was Sie wissen. Sonst werden Sie noch wegen Mordes angeklagt.«

»Ich – ich habe niemanden ermordet«, stammelte der Häftling erschrocken.

»Ja, das können Sie leicht sagen, aber an dem Geld, das Sie in der Tasche hatten, klebt Blut.«

»Das wollen Sie mir nur weismachen!«

»Nein, durchaus nicht. Der Chef spricht ganz offen mit Ihnen. Soviel wir bis jetzt herausbekommen haben, handelt es sich um zwei, vielleicht auch um mehr Morde, die mit diesem Geld in Zusammenhang stehen. Aber das wußte ich noch nicht, als ich Sie verhaftete. Also machen Sie uns nichts vor, und sagen Sie alles, was Sie wissen. Darüber müssen Sie sich im klaren sein – wir brauchen Ihre Aussage, und wenn Sie sie nicht machen wollen, schaden Sie sich selbst und verschlechtern nur Ihre Lage. Sie sind doch ein vernünftiger Mann und wissen ganz genau, daß weder der Chef noch ich Ihnen etwas vormachen wegen der Morde.«

Fatty überlegte einen Augenblick.

»Was wollen Sie denn wissen?«

»Sagen Sie uns vor allem, wie Sie in den Besitz des Geldes

gekommen sind. Und was passierte eigentlich, als ich hinter Ihnen her war?«

Fatty sah die beiden Beamten mißtrauisch von der Seite an. Er hatte seine Erfahrungen mit der Polizei und war ziemlich schlau und gerissen.

»Nun gut, ich werde Ihnen alles sagen, was ich weiß, aber ich verpfeife niemand – das heißt, niemand, der ähnliche Geschäfte betreibt wie ich.«

Der Chef nickte.

»Sie können unbesorgt sein, ich frage Sie nicht, woher Sie Ihr Falschgeld beziehen.«

»Gut, dann ist die Sache in Ordnung«, sagte Fatty erleichtert. »Ich beziehe das Geld von einem bestimmten Lieferanten. Wir treffen uns an einem verabredeten Ort, und er übergibt mir die Banknoten gebündelt und verpackt. In einem solchen Paket sind zweihundert Scheine. Wenn ich Geld brauche, schicke ich ihm einen Brief, dann erwartet er mich nachts in einem abgelegenen Vorort von New York an einer Stelle, wo wenig Polizisten patrouillieren und vor allem, wo wir unbekannt sind. Ich muß Ihnen das so genau erklären, weil sonst die ganze Geschichte, die ich berichten will, keinen Wert hat. Vor etwa einer Woche hatte ich dem betreffenden Mann geschrieben, und wir trafen uns in der Nacht vor meiner Festnahme. Die Geschäftsabwicklung, die sich im Lauf der Jahre herausgebildet hat, ist folgende: Ich schicke ihm echtes Geld, er kommt dann an den Treffpunkt und gibt mir das gefälschte. Manchmal machen wir es auch anders. Wenn jemand von der Polizei in der Nähe ist, gehen wir die Straße weiter, und zwar immer in nördlicher Richtung, damit wir uns später wieder finden können. Als ich nun das letztemal zu der Stelle kam, wo ich meinen Geschäftsfreund treffen wollte, stand dort ein Polizist. Verabredungsgemäß ging ich weiter, nach Norden zu. Ich bin etwa eine Meile gegangen, aber ich konnte den andern nirgends sehen. Ich glaubte, daß wir uns nicht getroffen haben, weil zuviel Leute auf der Straße waren. Aber dann kam ich in eine ziemlich einsame Gegend und ging an einer hohen, glatten Mauer entlang. Dort blieb ich stehen. Ich dachte, mein Freund wäre mir gefolgt und würde mich einholen. Ich wartete ungefähr fünf Minuten und hielt scharf Ausschau nach der Polizei. Plötzlich hörte ich auf der anderen Seite der Mauer ein Geräusch, als ob die Sehne eines Bogens losgelassen würde, dann fiel etwas zu meinen Füßen nieder.«

Fatty machte eine eindrucksvolle Pause.

»Was war es denn?« fragte Peter Corelly.

»Ein Pfeil, und zwar ein kurzer, stumpfer Pfeil, wie man sie im Völkerkundemuseum findet. Ich hob ihn auf und sah, daß ein Päckchen daran festgebunden war. Kurz entschlossen riß ich die Schnur ab und ging zur nächsten Lampe, um zu sehen, was das Paket enthielt – und fand das Geld darin.«

»War sonst nichts in dem Päckchen?«

»Nein. Ich dachte natürlich, daß es Falschgeld sei, das mir mein Freund über die Mauer zugeworfen habe, und ging geradeaus weiter, bog um eine Ecke und sah, wie zwei Männer aufeinander einschlugen.«

»Jetzt kommt ein interessanter Teil –«, sagte Corelly bedeutungsvoll. »Ich vermutete schon, daß Sie die beiden, die miteinander kämpften, treffen würden.«

»Ich wollte vor allem nicht in Händel verwickelt werden und ging daher auf die andere Straßenseite.«

»Wie der Pharisäer in der Bibel«, murmelte Corelly.

»Unterbrechen Sie ihn nicht dauernd!« wies ihn der Chef zurecht. »Fatty, fahren Sie fort!«

»Dann hörte ich, wie mein Name gerufen wurde – und der mich rief, war . . .«

»Ihr Freund, der Ihnen das Falschgeld bringen sollte«, ergänzte Corelly. »Ich kenne ihn. Es ist ein gewisser Cathcart.«

Fatty sah ihn ängstlich und erschrocken an.

»Machen Sie sich weiter keine Sorgen, ich weiß, daß es

Cathcart war, weil er am nächsten Morgen an der Grenze von Jersey City halbtot von der Polizei gefunden wurde. Wie er dorthin gekommen ist, wissen die Kerle am besten, die ihn niedergeschlagen haben. Nun, was haben Sie dann getan?«

»Ich machte, daß ich verschwand«, sagte Fatty offen heraus. »Ich war jedenfalls nicht daran beteiligt, und ich wollte damit nichts zu tun haben.«

»Also, dann wäre die Sache erledigt«, meinte der Chef. »Was haben Sie mit dem Geld gemacht?«

»Ich gab es einem Jungen, als ich anderntags von Mr. Corelly verfolgt wurde. Ich sage Ihnen die reine Wahrheit. Als ich durch eine Straße eilte, überholte ich den Jungen. Er trug eine große Tasche an einem Riemen über der Schulter – sie sah aus wie eine Posttasche, in der die Briefe von den Kästen abgeholt werden. Dahinein stopfte ich ihm das Banknotenpaket und sagte, er solle es seinem Vater bringen. Ob Sie es glauben oder nicht – das ist die Wahrheit.«

»Würden Sie den Jungen wiedererkennen?«

»Selbstverständlich«, erwiderte Fatty wegwerfend. »Glauben Sie denn, ich laufe mit geschlossenen Augen herum?«

Flint sah zu Peter Corelly hinüber.

»Nun, Corelly, was halten Sie von der Sache? Glauben Sie die Geschichte?«

»Ja, meiner Meinung nach ist das alles wirklich passiert. Aber ich warne Sie, Fatty, Sie sind in großer Gefahr. Wenn Sie ohne polizeilichen Schutz in New York herumlaufen, werden Sie wahrscheinlich ermordet werden.«

Fatty machte ein bestürztes Gesicht.

»Sie wollen mir nur Angst machen ...«

Corelly schüttelte den Kopf, ging zur Tür, öffnete sie und rief die Polizeibeamten, die Fatty hergebracht hatten.

»Bringen Sie ihn zur Wache zurück – er soll entlassen werden, wenn er es verlangt. – Vielleicht ist es besser, wenn Sie warten, bis es dunkel ist. Ich gebe Ihnen den Rat, Fatty, New York so schnell wie möglich zu verlassen.«

Fatty sah den Kriminalbeamten an und lächelte dann ironisch.

»Ich weiß schon, was Sie wollen! Aber ich bleibe so lange in New York, bis ich die zweihunderttausend Dollar zurückbekomme.«

»Das ist die größte Dummheit, die Sie machen können!« sagte Peter und schloß die Tür hinter ihm.

»Was wollen Sie nun unternehmen?« fragte der Chef.

»Ich warte auf die nächsten Ereignisse. Es wird sehr bald etwas passieren. Diese Sache ist noch lange nicht zu Ende und ...«

Das Telefon klingelte. Flint nahm den Hörer ab.

»Wer ist da?« fragte er, runzelte die Stirn und hörte einige Zeit zu. »Wann war das? – Wo, sagen Sie? – Hat denn der Geschäftsführer sie nicht erkannt? – Gut, ich werde einen Beamten schicken, der die Sache in Ordnung bringt.«

Er legte den Hörer auf und sah zu Corelly hinüber.

»Kennen Sie Miss Jose Bertram?«

»Sie meinen die Tochter des großen Bankiers? Ja, die kenne ich, soweit es einem gewöhnlichen Menschen vergönnt ist, ein Mitglied der oberen Vierhundert zu kennnen. Aber warum fragen Sie?«

»Sie wurde soeben vom Privatdetektiv der Firma Rhyburn verhaftet.«

»Wie kommen denn die Idioten dazu, sie zu verhaften? Man kann doch nicht so verblödet sein, die Tochter des reichen Bertram zu verhaften! Was soll sie denn getan haben?«

»Sie soll versucht haben, eine gefälschte Hundertdollarnote zu wechseln.«

8

Als Peter Corelly sich in der Firma Rhyburn meldete, wurde er sofort zu der Verhafteten geführt. Sie war höchst aufgebracht und äußerte sich in nicht mißzuverstehenden Worten. Aufregung macht Frauen meist häßlich, aber bei Miss Bertram war genau das Gegenteil der Fall. Peter Corelly hielt den Hut in der Hand und sah sie überrascht an.

Wie gewöhnlich ließ er die Schultern hängen und stand vornübergebeugt. Sie musterte ihn, nicht minder erstaunt, sah seinen müden Blick und vernahm seine melancholische Stimme.

»Der Polizeipräsident bedauert unendlich, Miss Bertram, daß Sie diese unangenehme Erfahrung machen mußten. Er hat mich hergeschickt, um die Sache in Ordnung zu bringen.«

Sie nickte, preßte die Lippen zusammen und sah ihn feindselig an. Im Augenblick war sie kurzweg über sämtliche Organe des Gesetzes und der öffentlichen Ordnung entrüstet. Langsam zog sie den Handschuh wieder an, den sie vor ein paar Minuten ebenso langsam ausgezogen hatte.

»Es ist empörend, daß ich hier auch nur eine Minute zurückgehalten werde. Das kann natürlich nur in New York passieren – noch dazu auf den bloßen Wink eines solchen Individuums hin!« Sie zeigte auf den deprimierten Hausdetektiv der Firma, der geknickt in einer Ecke stand. »Es ist einfach lächerlich, daß so etwas passieren kann.«

»Aber – meine liebe Miss...« begann Corelly.

»Ich bin nicht Ihre liebe Miss!« fuhr sie ihn heftig an. »Ich dulde nicht, daß Sie mich so beleidigen. Mein Vater wird gleich hier sein, und ich gehe heute noch zum Polizeipräsidium und beschwere mich.«

Peter Corelly seufzte, schloß die Augen und machte keinen sehr glücklichen Eindruck. Selbst die aufgebrachte und erregte Miss Bertram reizte Corellys Anblick zum Lachen.

Er wandte sich an den Polizeibeamten, der auf Veranlassung des Hausdetektivs die Verhaftung durchgeführt hatte.

»Sie können die Dame entlassen, sie ist der Polizei bekannt.«

Miss Bertram war schon halbwegs beruhigt gewesen, aber diese letzte Bemerkung brachte sie wieder in Harnisch.

»Wie können Sie sagen, daß ich der Polizei bekannt bin!« rief sie empört.

Corellys Geduld war nun auch zu Ende.

»Also, hören Sie mal zu –«, machte er sich Luft, »hier in dieser großen Stadt gibt es Millionen von Menschen, und nach der Verfassung ist einer so gut wie der andere. Ein solches Mißverständnis kann einmal vorkommen. Sie gehen in einen Laden, in dem man Sie nicht kennt, und wenn Sie dann mit einem gefälschten Geldschein zahlen, werden Sie eben verhaftet. Wer sind Sie denn, daß Sie nicht verhaftet werden sollten, wenn Sie das Gesetz übertreten? Sie wissen doch, vor dem Gesetz sind wir alle gleich. Aber Sie tun so, Miss Bertram, als ob Sie etwas Besseres wären als andere Leute und als ob für Sie eine Extrapolizei bestünde. Wenn Sie glauben, daß das den amerikanischen Sitten entspricht, dann ist das eben Ihre Privatmeinung. Ich bin gekommen, um Sie aus dieser Situation zu befreien, ich behandle Sie höflich, aber Sie hören nicht auf zu schimpfen!«

Miss Bertram wußte nicht recht, was sie sagen sollte. Da stand nun ein Kriminalbeamter vor ihr, hatte die Hände in die Hüften gestemmt, sah sie böse an und hielt ihr eine Strafpredigt! Und dabei war sie doch die Tochter eines bedeutenden Bankiers in New York, eines Multimillionärs, der eine führende Stellung in der Gesellschaft einnahm.

Nachdem sie eine Zeitlang überlegt hatte, antwortete die junge Dame ganz bescheiden und ruhig. Die Umstehenden, die ihr früheres Benehmen miterlebt hatten, sahen sich erstaunt an.

»Gut, ich verlange keine andere Behandlung als irgend sonst jemand. Es war ein dummer Fehler, den das Geschäft gemacht hat. Aber ich bin tatsächlich früher nie hier gewesen, und ich wäre auch nicht hergekommen, wenn ich nicht meiner Zofe etwas zum Geburtstag schenken wollte. Sie sagte mir, daß ihr ein Kleid so besonders gefalle, das sie hier im Schaufenster gesehen habe. Und darum verstehe ich eigentlich nicht, warum Sie mir derartige Vorwürfe machen«, schloß sie, und der letzte Satz klang schon wieder etwas hochfahrend.

»Dafür werde ich ja bezahlt, daß ich für Ordnung sorge und die Leute zurechtweise«, erwiderte Corelly. »Ich bin da, um die Kinder der Armen zu beschützen und die Übeltäter der Bestrafung zuzuführen. Und dieser Mann hier« – er zeigte auf den nervösen Geschäftsführer – »ist ein Kind der Armen, das ich zu beschützen habe, wenn auch nur im übertragenen Sinn.«

Miss Bertram warf einen Blick auf den verlegenen kleinen Herrn, und plötzlich kam ihr die Komik der Situation zum Bewußtsein. Sie mußte lachen.

»Sie haben vollkommen recht, ich habe mich hinreißen lassen – es tut mir leid... Aber da kommt ja mein Vater!«

Sie ging durchs Zimmer einem älteren Herrn entgegen.

George Bertram mochte etwa fünfundfünfzig Jahre alt sein, hatte einen Spitzbart und war tadellos gekleidet. Sein Gesicht wirkte ziemlich jugendlich. Vor allem waren es seine klugen, wohlwollenden Augen, die faszinierten. Er gehörte zu den geschicktesten Finanzleuten der Stadt und beschäftigte sich tagaus, tagein mit Geldwerten und Spekulationen.

»Mein liebes Kind, es ist sicher sehr unangenehm für dich gewesen. Wie war das nur möglich?«

»Ach, es war meine Schuld«, antwortete sie freundlich. »Ich habe mich in der ersten Aufregung hinreißen lassen, statt dem Geschäftsführer ruhig zu erklären, wer ich bin.«

»Aber was hast du denn eigentlich getan?« fragte er.

Als sie es ihm erklärte, sah er sie überrascht an.

»Eine gefälschte Banknote – ?« wiederholte er ungläubig. »Aber ich kann mir nicht vorstellen, wie du in den Besitz eines solchen Geldscheins kommen könntest.«

»Das Geld habe ich natürlich bei deiner Bank abgeholt. Als ich in die Stadt fuhr, bin ich zuerst dort gewesen und habe für meine Einkäufe Geld abgehoben.«

»Ich möchte den Schein einmal sehen.« Man reichte ihm die beschlagnahmte Banknote, und George Bertram prüfte sie genau. »Ja, das ist tatsächlich eine Fälschung. Hast du noch mehr Scheine, die du von der Bank bekommen hast?«

Sie öffnete ihre Handtasche und nahm vier weitere Noten heraus.

»Die sind echt«, erklärte der Bankier. »Aber es wäre immerhin möglich, daß wir noch mehr gefälschtes Geld in der Bank haben. Es überrascht mich, daß mein Hauptkassierer es bei der Auszahlung nicht sofort bemerkt hat. Dutton ist einer meiner tüchtigsten Angestellten, und es ist einfach unglaublich, daß er diesen Schein durchgehen ließ und die Fälschung nicht entdeckte. Bist du auch ganz sicher, daß du kein anderes Geld in deiner Tasche hattest, als du heute morgen fortgingst?«

Sie zögerte einen Moment.

»Doch, das wäre möglich. Jetzt, wo du mich fragst, erinnere ich mich ...« Sie zählte das Geld. »Ja, ich hatte noch Geld in der Tasche. Es war eine Banknote ... Ich muß mir überlegen, wo ich sie bekommen habe – irgend jemand hat mir einen größeren Schein gewechselt ...«

Sie zog die Augenbrauen hoch, während sie scharf nachdachte.

»Es kommt im Augenblick ja auch gar nicht darauf an, wo Sie das falsche Geld herhaben, Miss Bertram«, sagte Corelly gutmütig, »wenn es Ihnen aber möglich ist, darüber genauere Auskunft zu geben, würde ich mich sehr freuen. Auf jeden Fall spreche ich morgen im Lauf des Tages einmal bei Ihnen vor.«

Sie lachte – es klang wie Musik in seinen Ohren.

»Ja, bitte, kommen Sie nur – dann können Sie mir ja wieder einen Vortrag über die Menschenrechte halten.«

»Was für Rechte?« fragte Mr. Bertram verblüfft.

»Ach, ich hatte eine kleine Unterhaltung mit Mr. . . . Aber ich habe ja Ihren Namen noch gar nicht erfahren!«

»Ich heiße Peter Corelly. Hier ist meine Karte. Ich komme selten dazu, eine Visitenkarte zu benützen, meistens genügt es, wenn ich die Marke zeige, mit der ich mich als Kriminalbeamter legitimiere.«

»Sie sind ein merkwürdiger Mensch –«, sagte sie, als sie ihm die Hand gab und sich von ihm verabschiedete.

Dieser eigenwillige Mann interessierte sie, und sie bedauerte es fast ein wenig, daß umgekehrt sein Interesse für sie nicht besonders groß zu sein schien. Sein Beruf und die vornehme Art und Weise, in der er sprach, paßten irgendwie nicht recht zusammen. Er mußte eine gewisse Bildung haben, und vor allem besaß er große Selbstbeherrschung, eine Eigenschaft, die sie, gerade wegen ihrer eigenen Impulsivität, sehr bewunderte.

»Also, vergessen Sie nicht, mich zu besuchen!« rief sie ihm aus dem Fenster ihres eleganten Autos zu. »Ich hoffe, noch einiges von Ihnen lernen zu können!«

»Das wird nötig sein!« schrie er zurück und hob die Hand.

Sie sah, nachdem der Wagen angefahren war, nochmals zurück und bemerkte zu ihrer Enttäuschung, daß er ihr nicht nachschaute, sondern ihr bereits den Rücken gekehrt hatte. Er unterhielt sich mit dem Geschäftsinhaber.

»Mr. Rhyburn«, sagte Corelly gerade, »ich habe Sie aus einer großen Klemme befreit. Aber ich verstehe Sie auch nicht – jedermann, der Augen im Kopf hat, konnte doch sehen, daß die Dame nicht absichtlich mit falschem Geld bezahlte.«

»Ach, Mr. Corelly«, begann Rhyburn sich zu verteidigen, »das ist ein schwieriges Kapitel. Die Verluste, die ich jährlich durch falsches Geld erleide, sind einfach unheimlich. Ich hatte Miss Bertram noch nie gesehen – obwohl sie zu meinen Kunden zählt.«

»Sie sagten doch, daß sie noch nie in Ihrem Geschäft war?«

»Ja, das stimmt, aber ich führe unter anderem Firmennamen

noch eine Buchhandlung in der Stadt. Ich kaufte den Laden, als der frühere Inhaber starb. Und dort ist Miss Bertram eine gute Kundin – ich kann mich doch darauf verlassen, daß Sie diese Tatsache ihr gegenüber nicht erwähnen? Ich schicke ihr alle Neuerscheinungen, und sie trifft dann ihre Wahl. Es ist mir furchtbar peinlich, daß das passiert ist. Aber wir hatten, wie gesagt, ständig Ärger mit falschen Geldscheinen, und auch sonst gibt es genug Verdruß. Vor zwei Monaten wurde in den Buchladen eingebrochen, dabei wurde ein Großteil des Bücherladens mehr oder weniger ruiniert.«

»Was Sie mir da erzählen, klingt sehr merkwürdig. Ich kenne die Verbrecherwelt recht gut und weiß, daß sie keine literarischen Interessen hat – es sei denn aus Langeweile im Gefängnis.«

»Aber es stimmt durchaus, Mr. Corelly«, beteuerte Rhyburn. »Ich dachte, Sie hätten davon gehört. Ich glaube kaum, daß Sie je eine derartige Unordnung gesehen haben, wie ich sie an jenem Morgen in meinem Geschäft vorfand. Die Bücher waren von den Regalen heruntergeholt und wild durcheinander auf den Boden geworfen worden. Alle Schränke waren geleert...«

»Der Safe aufgebrochen und die gesamte Barschaft geraubt«, unterbrach ihn Corelly lakonisch.

»Nein, das ist doch eben das Seltsame dabei – den Geldschrank hatten die Einbrecher überhaupt nicht angerührt.«

Nun wurde Corelly stutzig. Dieser ungewöhnliche Einbruch interessierte ihn.

»Sie wollen mir doch nicht erzählen, daß die Einbrecher kein Geld...«

»Doch. Trotzdem haben Sie mir gerade genug Schaden zugefügt. Mein Lager war nicht versichert.«

Corelly zog sein Notizbuch.

»Datum?«

Rhyburn nannte es sofort. Er hatte sich das Unglücksdatum ein für allemal gemerkt.

»Also, das wäre erledigt«, sagte Corelly, nachdem er zwei Seiten vollgeschrieben hatte. »Darf ich einmal Ihre Bücher einsehen, und zwar für die Woche, bevor dieser Einbruch passierte?«

»Gewiß, Mr. Corelly.«

»Gut, dann komme ich heute abend um fünf Uhr in Ihre Buchhandlung.«

9

Peter Corelly hing seinen Gedanken nach und wanderte mit langen Schritten zum Northern-Spital, um sich nach dem Befinden seines Kollegen zu erkundigen.

»Ja, Mr. Wilbur Smith ist wieder bei Bewußtsein, und ich glaube, er ist aus dem Ärgsten heraus«, meinte der Arzt. »Möchten Sie ihn sprechen? Wenn Sie die Unterhaltung nicht zu lang ausdehnen, ist das möglich.«

Smith lag in einem Privatzimmer. Sein Kopf war fast völlig mit Bandagen eingehüllt.

»Hallo, was wollen Sie denn? Sind Sie gekommen, um meinen letzten Willen aufzunehmen?«

»Es scheint Ihnen doch schon wieder ganz ordentlich zu gehen, wie?« Corelly rückte einen Stuhl ans Bett. »Aber ich muß schon sagen, Sie sind ziemlich arg zugerichtet worden.«

»Ja, und dabei war es zu dämlich, in diese Falle zu gehen. Ein ärgerlicher Leichtsinn. Die Leute müssen sich ja totgelacht haben über die Naivität, die ich an den Tag legte. Sie hatten zwei Taxis für mich bereitgestellt, und ich habe gleich das erste genommen!«

»Es ist aber auch ganz unglaublich, daß so etwas am hellen Tag mitten in New York passieren kann!«

»Und doch ist es Tatsache. Der Fahrer hat natürlich nichts getan, was Verdacht erregt hätte, höchstens, daß er ab und zu einen kürzeren Weg gewählt hat. Plötzlich fuhr der Wagen in eine Garage. Im nächsten Augenblick schlossen sich die Tore hinter uns. Ich sprang hinaus, aber bevor ich meinen Revolver ziehen konnte, hatten sie mich schon gepackt. Das ist alles, worauf ich mich besinnen kann.«

»Danach haben sie Sie, offenbar unbeobachtet, in eine leere Wohnung geschleppt, meiner Meinung nach in der Annahme, Sie wären tot. Haben Sie eigentlich die Leute gesehen, die Sie überfielen? Können Sie sich auf ein Gesicht besinnen?«

»Nein«, erwiderte Wilbur entschieden. »Ich kann mich auf nichts besinnen. Ich weiß nur noch, daß es eine ziemlich große Garage war – ich sah, wie ein Mann von der anderen Seite mit einer Kanne Benzin auf den Wagen zukam. Das haben sie wahrscheinlich so angeordnet, damit ich keinen Verdacht schöpfen sollte. Und bevor ich einen konkreten Gedanken fassen konnte, haben sie mich niedergeschlagen. – Das Geld – das haben sie mir wohl abgenommen?«

»Ja, natürlich.«

»Und Sie haben jetzt die Untersuchung des Falles übernommen?«

»Ja. Ich habe ein paar neue Anhaltspunkte gefunden. Übrigens ist der Fall wirklich sehr interessant.«

Corelly erzählte, was er mit dem jungen Mädchen erlebt hatte, die plötzlich ein Vermögen von hundertzwanzigtausend Dollar zugesteckt bekam, und auch die andere Geschichte mit Fatty.

Wilbur Smith hörte interessiert zu.

»Ein verhexter Fall! Etwas Ähnliches habe ich noch nie erlebt. Wie denken Sie darüber?«

Corelly erhob sich erst, ging zur Tür des Krankenzimmers und schloß sie ab.

»Mir ist die Sache nicht völlig neu, dabei denke ich besonders an den Stempel auf der Rückseite der Banknoten – das Bild des goldenen Hades. Es muß sich um einen Geheimkult handeln.«

»Was für einen Geheimkult?«

»Es gibt die sonderbarsten Kulte, am verbreitetsten ist wohl eine Art Teufelskult. Sie glauben jetzt vielleicht, ich sei verrückt – aber es handelt sich um Erscheinungen, die sich durchaus belegen lassen. Während des großen Prozesses gegen die Kamorra fiel zum Beispiel einiges Licht auf einen merkwürdigen Teufelskult in Italien. Etwas Ähnliches gab es in Nordengland – und auch in Südrußland. Wobei jeder Kult seine besonderen Priester und sein besonderes Ritual hat.«

»Aber ...« begann Smith, kam jedoch nicht dazu, seine Einwände vorzubringen.

»Warten Sie noch einen Augenblick! Vor allem muß ich erwähnen, daß die Teufelsanbeter sich bemühen, das Bild der Gottheit, die sie verehren, zu verbreiten. Das ist immer wieder beobachtet worden. In Nordengland haben sie das Bild auf ihre Briefumschläge gedruckt, und zwar so, daß sie dann jeweils die Briefmarke darüberkleben konnten. Die Verehrer des Teufelsgottes Nick in Südrußland haben das Bild in ihre Schuhsohlen einbrennen lassen. Dort kam auch zum erstenmal die Gewohnheit auf, das Bild der Gottheit auf die Rückseite von Banknoten zu stempeln.«

»Das klingt fast, als ob Sie mir etwas vormachen wollten. Woher haben Sie eigentlich diese Kenntnisse?«

»Nun, man lebt und lernt«, bemerkte Corelly etwas von oben herab. »Es gibt natürlich Literatur darüber, aber es genügt auch schon, in einem großen Lexikon unter dem Stichwort ›Dämonenkult‹ nachzuschlagen.«

»Dann sind Sie also der Meinung ...«

»Ja, ich glaube, daß es hier in Amerika einen derartigen Teufelskult gibt. Es scheint allerdings eine ganz besondere Abart zu sein.«

»Haben Sie etwas von Alwin gehört?« fragte Wilbur.

Unvorsichtigerweise rückte er seinen Kopf etwas zur Seite und stöhnte vor Schmerz auf.

»Nein, wir haben keine Nachrichten. Aber ich nehme an, daß sie ihn irgendwo gefangenhalten.«

»Ich glaube, daß er tot ist«, sagte Wilbur ruhig. »Peter, ich sage Ihnen, sobald meine verdammten Rippen wieder einigermaßen zusammenhalten, stehe ich auf. Ich halte es in diesem Bett nicht mehr aus. Und dann hole ich mir den Mörder Frank Alwins. Ich werde nichts unversucht lassen, und wenn es mein Leben lang dauern sollte. Sie können sich darauf verlassen, daß ich ihn zum Schluß doch stelle!«

»Sie sind ja ein ganz wilder Geselle!« Corelly seufzte. »An Ihrer Stelle würde ich lieber über andere Dinge nachdenken, die nicht so furchtbar blutrünstig sind...«

»Hören Sie bloß damit auf! Erzählen Sie mir lieber mehr von diesem verrückten Teufelskult.«

»Das nächstemal kann ich Ihnen vielleicht mehr berichten«, sagte Corelly und nahm seinen Hut. »Heute nachmittag besuche ich Professor Cavan – mag sein, daß ich von ihm noch einiges erfahre.«

»Zum Teufel, wer ist denn Cavan?«

Corelly zuckte die Schultern.

»Es ist ja direkt unheimlich, wieviel Sie nicht wissen! Wollen Sie im Ernst behaupten, daß Sie Professor Cavan nicht kennen?«

»Ich habe noch nie von ihm gehört. Wann haben Sie ihn denn kennengelernt?«

»Erst gestern.«

Corelly hob die Hand und verließ das Zimmer.

10

Frank Alwin mußte geschlafen haben, nachdem ihn die beiden Männer alleingelassen hatten. Er wachte mit Kopfschmerzen auf und war furchtbar hungrig. Als er sich erhob, schmerzte sein ganzer Körper, aber er fühlte sich jetzt doch bedeutend kräftiger.

Allem Anschein nach waren die Leute noch einmal dagewesen, während er schlief, denn auf dem Tisch standen ein großes Paket Schiffszwieback, Käse und eine Flasche Bier. Selten hatte ihm eine Mahlzeit besser geschmeckt.

Er sah sich genauer um und besichtigte nun auch das Bad. In dem Raum stand ein Schrank mit Wäsche, und darin fand er auch Badetücher. Langsam und vorsichtig entkleidete er sich, und nachdem er ein nicht zu heißes Bad genommen hatte, war er gestärkt und erfrischt.

Seine Taschen waren durchsucht worden. Trotzdem hatte man ihm die goldene Uhr gelassen. Sie zeigte auf zwölf, aber er wußte nicht, ob es Mittag oder Mitternacht war, denn kein Tageslicht fiel in diesen unterirdischen Raum. Nur eine elektrische Birne brannte an der Decke.

Er vertrieb sich die Zeit damit, sein Gefängnis genauer zu untersuchen, und machte dabei interessante Entdeckungen. Durch eine Öffnung in der Badezimmerwand, in die er sich kriechend hineinzwängte, gelangte er in einen ganz kleinen, viereckigen Raum, der keinem besonderen Zweck zu dienen schien. Er hatte, außer der primitiven Öffnung zum Badezimmer, keinen andern Ausgang, wenigstens schien es Alwin so. Aber in dieser Annahme täuschte er sich. In einer der Wände befand sich eine Schiebetür, die allerdings jetzt geschlossen war. Das verliesähnliche Räumchen war nur etwa eineinhalb Meter im Durchmesser und besaß keine Beleuchtung. Ein Abstellraum konnte es nicht gut sein mit dieser kleinen Öffnung, überlegte sich Frank, aber dann sah er, daß es ein großer Luftschacht war. Ein Strom frischer Luft kam von oben und machte den Keller, in dem Alwin gefangensaß, überhaupt erst bewohnbar.

Er erinnerte sich jetzt, daß die Luft dumpf und abgestanden gewesen war, als er in den Keller getragen wurde. Erst später hatte sich das gebessert. Wahrscheinlich hatten die Männer dann eine Klappe zum Ventilationsschacht geöffnet.

Er tastete sich den Wänden entlang und stieß an eine starke Eisenstange, die von einer Mauermitte zur anderen reichte, weiter oben war eine zweite Stange, dann eine dritte. Es war also nicht nur ein Ventilationsschacht, man konnte auf diese Weise auch den Kellerraum verlassen. Er begann also unter Aufbietung aller Kräfte nach oben zu steigen, und während er hinaufkletterte, zählte er die Sprossen.

Zuerst war er skeptisch, denn die unterste Stange schien nur lose in der Mauer zu sitzen, aber weiter oben waren die Stangen vollkommen fest. Nachdem er achtundvierzig Sprossen hinaufgestiegen war, faßte er mit der Hand ins Leere. Erst als er weiter um sich tastete, entdeckte er eine kleine steinerne Plattform und kletterte darauf. Sie war dreieckig und bot gerade genug Raum, daß er sich hinsetzen konnte. Er suchte die Wand hinter sich ab und fand eine hölzerne Tür. Sie war sehr niedrig, aber man hätte hindurchkriechen können, wenn sie sich hätte öffnen lassen. Leider war sie fest verschlossen. Er wußte sofort, daß das, wenn es überhaupt einen gab, der einzige Ausweg war.

Er suchte mit den Füßen im Dunkeln wieder nach den eisernen Sprossen und stieg in den Keller hinunter. Er war schwach und müde, und als er sein Gefängnis wieder erreicht hatte, mußte er sich eine Stunde ausruhen, bevor er einen weiteren Versuch unternehmen konnte. Sonst trug er immer seinen Schlüsselbund in der Tasche, aber der war ihm abgenommen worden, und im ganzen Kellerraum fand er nichts, was irgendwie einem Schlüssel ähnlich sah. Dagegen bemerkte er jetzt in einer Ecke oben unter der Decke die Luftklappe, die ihm vorher nicht aufgefallen war.

Als er sich wieder etwas frischer fühlte, machte er einen zweiten Vorstoß. Diesmal nahm er die unterste Eisenstange mit, die nur locker in der Wand saß und sich leicht herausziehen ließ, und schleppte sie nach oben zur Plattform. Es war eine lange, mühevolle Arbeit, bis er die niedere Tür aufgebrochen hatte, aber schließlich gelang es ihm. Er zwängte sich zwischen den Holztrümmern durch und befand sich auf dem Dachboden. Durch eine Luke in dem niederen Dach konnte er den grünen Rasen unten sehen. Nach der Höhendistanz zu schließen, besaß das Haus nur ein oberirdisches Stockwerk.

Plötzlich brach er seine Erkundungen ab und lauschte. Er hörte Stimmen. Das mußten die beiden Männer sein, die ihn hergebracht hatten. Hastig kletterte er wieder in den Keller hinunter.

Kaum lag er auf dem Bett, öffnete sich die Tür, und die beiden traten ein. Einer trug ein Tablett mit Speisen, der andere stellte zwei Flaschen Bier auf den Tisch. Die Gesichter hatten beide wie die vorigen Male mit Taschentüchern verdeckt.

»Hallo!« sagte der eine, und Frank erkannte an der Stimme, daß es Tom war. »Nun, wie geht es Ihnen jetzt?«

»Ich fühle mich ganz gut«, antwortete Frank.

»Hoffentlich bleibt es so. Hier haben wir Essen für Sie auf den Tisch gestellt.« Tom sah sich um und warf dann einen Blick auf Alwin. »Haben Sie das Badezimmer gefunden? Ich möchte Ihnen übrigens etwas sagen, junger Mann!« Seine Stimme klang jetzt ziemlich drohend. »Sie befinden sich in einer sehr schwierigen Lage, und wenn Sie lebendig hier herauskommen sollten, dann haben Sie Glück gehabt. Eigentlich müßten Sie längst tot sein, und wenn Rosie – wenn ein Freund von mir nicht eine solche Dummheit gemacht hätte . . .«

»Es ist wahrscheinlich sinnlos, Ihnen zu sagen, daß Sie sich eines schweren Verbrechens schuldig machen«, unterbrach ihn Frank.

»Hören Sie mit dem Unsinn auf! Sie sollten sich besser darüber klarwerden, daß vielleicht ein noch schwereres Verbrechen passieren wird. Noch sind Sie am Leben, und Sie sollten eigentlich alles daransetzen, daß Sie es auch weiterhin bleiben. Sind Sie nicht ein guter Freund von Wilbur Smith? Sie könnten ihn also leicht dazu bringen, daß er sich nicht mehr mit dem goldenen Hades befaßt. Auch er lebt noch . . .«

»Was soll das heißen?« fuhr Frank auf. »Sie haben doch nicht etwa gewagt . . .«

»Regen Sie sich nicht auf! Natürlich haben wir es gewagt. Beinahe wäre alles gut abgelaufen, und wenn Rosie – wenn nicht einer von uns einen groben Fehler gemacht hätte, dann wäre auch niemand verletzt worden. Smith weiß eine ganze Menge – wenn er schwierig wird und sich weiterhin mit der Angelegenheit befaßt, müssen wir natürlich Gegenmaßnahmen ergreifen. Aber soweit darf es gar nicht erst kommen. Es wäre also das beste, wenn Sie ihm schrieben. Sagen Sie ihm in dem Brief, Sie würden ihm alles erklären, sobald Sie ihn wiedersehen. Teilen Sie ihm auch mit, daß es Ihnen ganz gut geht. Er soll von weiteren Maßnahmen absehen, bis er mit Ihnen gesprochen hat. Die Banknoten wollen wir ja gar nicht, übrigens sind sie auch gar nicht mehr in seinem Besitz. Wir wollen nur, daß er seine Ermittlungen nicht fortsetzt. Wollen Sie ihm das schreiben? Sie sind doch schließlich ein vernünftiger Mann, nicht wahr, Mr. Alwin?«

Frank schüttelte den Kopf.

»Nein«, erklärte er entschieden. »Smith soll ruhig tun, was er für nützlich hält, um Ihnen das Handwerk zu legen. Wenn Sie ihn, wie es scheint, in Ihrer Gewalt hatten und wieder laufenließen, dann wird Ihnen das noch leid tun!«

Tom sah ihn lange und durchdringend an.

»Na schön, ich habe noch niemand kaltblütig umgebracht – aber vielleicht sind Sie der erste!«

Er drehte sich um und ging zu einem der Kästen, in dem

Sammy herumkramte. Leise wechselten sie ein paar Worte und gingen hinaus.

Frank verstand nur: »Um neun Uhr nach der Sitzung...« Allein gelassen, aß er von den Speisen, denn er war hungrig. Dann wartete er noch eine Weile, lauschte, und als er keine Geräusche hörte, stieg er wieder die Leiter hinauf und durchsuchte den niedrigen Dachraum. Doch nirgends fand sich ein Ausweg.

Eine Möglichkeit gab es allerdings, und Frank war fest entschlossen, sie auszuprobieren. Den ganzen Nachmittag arbeitete er so angestrengt, wie er es noch nie in seinem Leben getan hatte. Seine Arme und Beine schmerzten, als er um sieben Uhr in den Keller zurückkehrte und sich müde und vollkommen erschöpft aufs Bett legte.

Seine Hauptsorge war, daß er nicht einschlafen durfte. Trotzdem lag er bereits im Halbschlaf, als er ein Klopfen über seinem Kopf hörte – sofort wurde er hellwach. Er lauschte angestrengt. Es war das gleiche Geräusch wie am ersten Abend, als die beiden Männer auf Rosie warteten. Einen Augenblick zögerte er noch, dann zog er seine Schuhe aus, kletterte den Schacht hinauf, kroch durch die zertrümmerte Tür, legte sich auf den Boden und preßte das Ohr auf die Dielen.

Am Nachmittag hatte er gezögert, die Decke zum darunterliegenden Stockwerk zu zerstören, denn wenn der Putz von der Decke rieselte, während Leute sich unten im Zimmer aufhielten, dann würde er unweigerlich entdeckt werden.

Doch jetzt war seine Neugierde zu groß geworden. Er suchte in seinen Taschen und fand einen Bleistift. Vorsichtig entfernte er ein Brett, das er am Nachmittag schon freigelegt hatte, und bohrte mit der Bleistiftspitze ein Loch in die verhältnismäßig dünne Putzdecke, so daß er nach unten sehen konnte. Er entdeckte aber nichts als einen Teil des mit schwarzen und weißen Fliesen belegten Bodens. Nun vergrößerte er das Loch und gab sich alle Mühe, zu verhindern, daß der Putz nach unten fiel. Ab und zu hörte er auf zu arbeiten und lauschte, aber er konnte kein

Geräusch vernehmen. Nach und nach erweiterte er das Loch in der Decke derartig, daß es so groß war wie seine Hand.

Dann hörte er plötzlich Schritte im unteren Stock und verhielt sich ganz ruhig. Jetzt konnte er alles deutlich erkennen. Da unten befand sich ein kleiner Saal. Die Decke wurde in der Längsrichtung durch zwei Reihen korinthischer Säulen gestützt. Vorn im Saal hing, in der ganzen Breite und Höhe, ein schwerer Samtvorhang. Davor stand auf einem Marmorunterbau eine kleine Statue, die mit einem weißen Seidentuch verdeckt war.

Während Frank noch alles genau betrachtete, wurde der dunkelblaue Samtvorhang an der einen Seite plötzlich zurückgeschlagen, und zwei Männer traten ein. Sie waren von Kopf bis Fuß in lange, braune Kutten gekleidet. Die Mönchskapuzen verbargen ihre Köpfe. Frank beobachtete die Erscheinungen erstaunt. Sie näherten sich dem Marmorunterbau mit allen Zeichen großer Verehrung, legten die Hände zusammen und neigten die Köpfe. Langsam gingen sie vorwärts, bis sie dicht vor dem Sockel standen. Der erste der beiden, der auch der größere war, ließ sich auf die Knie nieder, der zweite trat noch näher an den Marmorblock heran und zog das weißseidene Tuch von der Statue.

Frank Alwin erschrak nicht wenig, denn als das Tuch gelüftet wurde, zeigte sich eine goldene Plastik auf dem Altar. Er irrte sich nicht – es war der goldene Hades mit dem Dreizack in der Hand.

Gebannt verfolgte er die Bewegungen der beiden Männer, die vor dem Altar demütig ihre Verehrung darbrachten. Er strengte sich an, die merkwürdigen Worte zu verstehen, die gesprochen wurden. Die Stimme, die er vernahm, kannte er nicht, jedenfalls gehörte sie keinem der Männer, die ihn in den Keller gesperrt hatten. Die Stimme klang wohllautend und voll, und doch zitterte sie vor Erregung. Ja, der Mann schien von ekstatischer Begeisterung ergriffen zu sein.

»Hades, du großer Gott der Unterwelt, du Spender des

Reichtums, höre deinen Diener! Du mächtiger Gott, durch dessen Einfluß und Segen der Mann, der sich hier vor dir erniedrigt und vor deinem Altar kniet, zu großem Reichtum gelangt ist, höre seine Bitte und sei ihm gnädig, denn er will seinen Reichtum mit den Armen teilen, auf daß dein Name immer mächtiger werde. O Pluto, gefürchteter Herr der Unterwelt, gib deinem Knecht ein Zeichen, daß du ihn erwählt hast!«

Der größere der beiden hob den Kopf und blickte auf die goldene Statue. Frank konnte von seinem Guckloch aus nur den Rücken des Mannes sehen. Das einzige Licht in diesem merkwürdigen Tempel kam von zwei elektrischen Leuchtern, die zu beiden Seiten des Altars standen. Außerdem mußten am Altar selbst für den Beschauer unsichtbare Lampen angebracht sein, die das Götzenbild erhellten, so daß es zu strahlen schien.

Einige Augenblicke herrschte tiefe Stille, dann hörte man eine Stimme, die aus weiter Ferne zu kommen schien und hohl und unnatürlich klang. Offenbar ertönte sie aus der Richtung der goldenen Figur.

»Deine Opfer sind angenehm vor mir, und ich weiß, daß du mir treu dienst. Du sollst denen, die meine Priester sind, geben, was du am meisten schätzest, dann wird es dir wohlergehen, und dein Name soll in meinem Buch mit goldenen Lettern prangen.«

Der große Mann warf sich auf den Boden und blieb lange Zeit in dieser Haltung, dann erhob er sich, und die beiden traten langsam vom Altar zurück. Wie sie gekommen waren, verschwanden sie wieder hinter dem blauen Samtvorhang.

Frank atmete erregt. Schweiß stand ihm auf seiner Stirn. Geräuschlos kroch er in den Schacht zurück und ließ sich an der Leiter hinuntergleiten. Er hatte genügend Zeit, denn als die Tür aufgeschlossen wurde, hatte er sich wieder völlig beruhigt. Er stellte sich schlafend und vernahm die gewohnten Stimmen.

Nein, keiner dieser Männer hatte an der gespenstischen Zeremonie teilgenommen, darauf konnte er einen Eid leisten. Er lag vollkommen ruhig unter seiner Decke, als sich einer der beiden auf Zehenspitzen an sein Lager schlich, aber er mußte seinen ganzen Willen aufbieten, um bewegungslos liegen zu bleiben. Er zweifelte nicht daran, daß die Kerle ihn einfach umbringen würden, wenn es in ihre Pläne paßte. Er packte die Eisenstange fester, die er mitgenommen hatte, und war entschlossen, sein Leben so teuer wie möglich zu verkaufen, wenn es darauf ankommen sollte. Aber sie schienen mit allem zufrieden zu sein.

»Es hat aber ziemlich lange gedauert, bis du gesprochen hast, Tom!«

Der andere antwortete leise. Frank konnte etwas von einem Rohr verstehen.

Dann entstand ein kratzendes, polterndes Geräusch, und er vermutete, daß sie einen der beiden Kästen hinaustrugen.

Die Tür fiel zu, und der Schlüssel drehte sich im Schloß.

11

Tom und Sammy schleppten den schweren Schrankkoffer nach oben und stellten ihn draußen in der Säulenhalle des kleinen griechischen Tempels ab.

Das Gebäude war von einer weiten Parkanlage umgeben, die aber nur wenig offene Rasenflächen aufwies, zum größeren Teil bestand sie aus großen Bäumen und dichtem Strauchwerk. Weit und breit war nichts von menschlichen Behausungen zu entdecken.

Tom zog sein Taschentuch heraus und wischte sich den Schweiß von der Stirn.

»Was soll nun mit dem Kerl da unten im Keller werden?« fragte er und zeigte mit dem Daumen nach der Tür, aus der sie getreten waren, und die zur Krypta führte.

»Für uns hat er keinen Zweck, selbst Rosie gibt das zu. Außerdem ist er für uns sehr gefährlich.«

Die beiden sahen sich eine Zeitlang schweigend an.

»Ich bringe es nicht fertig, einen Mann kaltblütig umzulegen«, sagte Tom. »Aber wenn ich ihm erst ein paar Schläge versetze, geht er vielleicht auf mich los – und dann ist die Sache ja leicht.«

Sammy nickte.

»Wir wollen jetzt den zweiten Kasten noch heraufholen und danach den Mann erledigen.«

Es machte einige Mühe, den zweiten Kasten nach oben zu schaffen. Sie stellten ihn im Säulengang dicht neben dem ersten auf. Zehn Minuten lang saßen sie dann noch zusammen auf den marmornen Stufen vor dem Gebäude, um wieder zu Atem zu kommen. Die Nacht war ruhig, der Himmel klar und sternenübersät. Die dunklen Schatten zweier Bäume und die Silhouette des Tempels gaben eine gespenstische Kulisse ab für die beiden Männer, die daran dachten, was für eine undankbare Aufgabe vor ihnen lag. Je länger sie warteten, desto unwilliger wurden sie, ihr Vorhaben auszuführen.

»Rosie hat angeordnet, daß die nächste Zahlung für das Depot am Philadelphia stattfindet«, sagte Tom, so, als wollte er einfach etwas reden, um das Schweigen zu brechen.

Sammy brummte etwas Unverständliches.

Tom erhob sich und zog einen Revolver aus der Tasche, dessen Lauf drohend glänzte.

»Komm!« sagte er entschlossen.

Sie stiegen die Treppe hinunter, schlossen die Tür des Kellerraums auf und traten ein. Tom ging im Dunkeln direkt aufs Bett zu, und seine Hand griff nach der Decke.

»Heraus jetzt!«

Er zog die Bettdecke zurück, fand aber niemanden darunter. Nur Papier und Bücher lagen, gleichmäßig verteilt, auf der Matratze. Sam fluchte.

»Er ist fort!« rief er und eilte die Treppe hinauf.

Die eine Kiste im Säulengang war leer.

12

Am nächsten Tag hatte Peter Corelly sehr viel zu tun, viel mehr, als er erwartet hatte.

Wenn er behauptet hatte, Professor Cavan erst seit einem Tag zu kennen, dann untertrieb er ein wenig. Er hatte eigentlich nur ausdrücken wollen, daß ihn Professor Cavan erst seit gestern interessierte. In New York war der kleine Mann mit dem etwas struppigen grauen Bart, dem kahlen Kopf und den langen grauen Locken wohlbekannt. Er trug stets eine goldene Brille. Sonderbar war, daß er ein großes Vermögen besaß, denn im allgemeinen haben Gelehrte nicht das Glück, mit ihrer Wissenschaft viel Geld zu verdienen.

Übrigens, auch Wilbur Smith kannte den Professor, wenigstens dem Namen nach. Daß ihm nicht gleich eingefallen war, was es mit Cavan auf sich hatte, konnte man ihm unter den momentanen Umständen nicht verdenken. Nachdem Peter Corelly ihn verlassen hatte, kam er jedoch bald darauf, wer dieser Professor Cavan war.

Cavan? überlegte Wilbur Smith und starrte zur weißgetünchten Decke hinauf, als ob er dort in einem großen Nachschlagewerk lesen würde. Das ist doch der Spezialist für klassische Mythologie. Natürlich, und Peter wird alles von ihm erfahren können, was er über diesen alten Hades wissen möchte.

Wenn es jemand in dieser Stadt gab, der über griechische Götter Bescheid wußte und zur Aufklärung dieses verzwickten Falles beitragen konnte, mit dem sich zwei der besten Kriminalbeamten beschäftigten, dann war es Professor Cavan.

Als dieser Gelehrte seinerzeit nach den Vereinigten Staaten

kam, nahm ihn die wissenschaftliche Welt sofort in ihre Reihen auf, und auch die Gesellschaft von New York feierte ihn. Das war vor drei Jahren gewesen. Sein Wissen, seine faszinierende Rednergabe und nicht zuletzt sein Vermögen hatten ihm alle Türen geöffnet. Gleich im ersten Jahr bot man ihm an drei verschiedenen Universitäten einen Lehrstuhl an, aber er lehnte höflich und bestimmt ab.

Er lebte in einer luxuriösen Wohnung am Riverside Drive und hatte eine zahlreiche Dienerschaft. Selbst Peter Corelly, dem man sonst mit Reichtum kaum imponieren konnte, war verblüfft, als er bei Cavan vorsprach. Ein stattlicher Butler, allem Anschein nach Engländer, empfing ihn. Er sah repräsentativ aus und hatte sehr höfliche Manieren.

Corelly wurde ins Arbeitszimmer des Professors geführt und fand den kleinen Herrn vor einem großen, höchst imposanten Schreibtisch, der mit offenen Büchern, Dokumenten, Papieren und Manuskripten bedeckt war. Cavan, der gerade eifrig schrieb, blickte auf, als der Butler Corelly hereinführte. Er griff nach der Visitenkarte und las sie, indem er sie nahe an die Augen hielt. Dann nahm er die Brille ab und lehnte sich mit einem verbindlichen Lächeln in seinem Sessel zurück.

»Bitte, nehmen Sie Platz, Mr. Corelly! James –«, wandte er sich an den Butler, »schieben Sie doch einen Stuhl zurecht. Darf ich Ihnen eine Tasse Tee anbieten?«

»Danke, nein«, erwiderte Peter. »Das ist ein Getränk, an dessen Genuß ich mich noch nicht gewöhnt habe.«

»Ach, das ist außerordentlich schade«, meinte Cavan. »Es ist ein herrliches Getränk, hält einen frisch und munter, so daß man angestrengt arbeiten kann, ohne irgendwelche Ermüdung zu spüren. – James, Sie können gehen!« Als sich die Tür hinter dem Butler schloß, sah er nochmals auf die Visitenkarte. »Mr. Corelly, ich vermute, Sie haben mich aufgesucht, um mich über einen bestimmten Gegenstand der griechischen Mythologie auszufragen. Das heißt, ich glaube zu wissen, worum es sich handelt.« Er sah Corelly mit einem sonderbaren Lächeln an. »Sie wollen etwas über den goldenen Hades von mir erfahren, nicht wahr?«

Corelly konnte sich im allgemeinen recht gut beherrschen, doch in diesem Augenblick war es ihm nicht möglich, seine Überraschung zu verbergen. Er hatte angenommen, die näheren Umstände dieses geheimnisvollen Kriminalfalls wären nur einigen Beamten der Polizei bekannt.

Der Professor war befriedigt von dem Eindruck, den seine Worte hervorgerufen hatten.

»Mr. Corelly, ich bin kein Hellseher, ich lese nur die Zeitungen sehr genau. Gestern abend stieß ich auf einen Bericht im *Evening Herald*, der davon handelte. Offenbar hatte ein Redakteur dieser Zeitung einen Brief erhalten ...«

»Ja, natürlich«, antwortete Corelly schnell. »Der Brief – er betraf Mr. Wilbur Smith, ich weiß, und er ist ihm übergeben worden.«

»Gewiß, so lautet die Zeitungsmeldung. Also, Mr. Corelly, was kann ich für Sie tun?«

»Ich möchte Sie bitten, mir möglichst genau zu erklären, welche Rolle der griechische Gott Hades – oder Pluto, wie er bei den Römern hieß – spielte oder noch spielt. Ich habe selbst studiert, aber natürlich besitze ich keine Spezialkenntnisse in griechischer Mythologie. Deshalb wäre ich Ihnen dankbar, wenn Sie mir über diesen Punkt Auskunft geben könnten.«

Cavan nickte bedächtig.

»Ich dachte mir schon, daß Sie sich danach erkundigen würden.«

»Ich weiß, daß Sie der beste Kenner der alten Götterkulte sind, die sich bis auf unsere Tage erhalten haben – vielleicht müßte ich besser sagen, die in letzter Zeit neu aufgelebt sind.«

Der Professor nickte wieder.

»Ich habe mich allerdings mit dieser Materie eingehend beschäftigt. Es ist erstaunlich, wieviel von den alten Kulten sich bis in unsere Tage herübergerettet hat. Es gibt einige darunter, die eine große Zahl von Anhängern, ich möchte fast sagen, von Priestern haben, und es werden noch ganz bestimmte Rituale ausgeübt. Zum Beispiel gibt es in Norwegen noch Verehrer der altheidnischen Gottheit Troll. Das ist eine Art Teufel aus der skandinavischen Göttersage. In Rußland bildete sich ein Geheimkult mit Anhängern Baba Yagas, auch einer mythologischen Gestalt. Es ist mir gelungen, sie mit der altgriechischen Gottheit Kronos zu identifizieren. In England und Amerika leben eine Anzahl recht unangenehmer Leute, die meist ein bewegtes, übles Vorleben haben und eben jenen Gott der griechischen Mythologie, für den Sie sich interessieren, zu ihrem Schutzpatron erklärten.«

»Bedeutet das auch, daß sie einen gewissen Kult mit ihm treiben?«

»Ja, sie verehren ihn etwa so, wie die Parsen die Sonne verehren.«

»Und sie schreiben ihm übernatürliche Kräfte zu?«

»Ja, durchaus. Aber diese Dinge sind nicht leicht einfühlbar. Es gibt drei Gruppen von Hadesverehrern. Aus verschiedenen Gründen übt dieser Gott eine größere Anziehungskraft auf gewisse Menschen aus als irgendeine andere Gestalt der alten Mythologie.«

»Gibt es denn tatsächlich solche Hadesverehrer hier in Amerika – speziell im Staat New York?«

»Ja, die gibt es«, erwiderte der Professor und sah Corelly wieder sonderbar an. »Einige von ihnen sind begeisterte Anhänger, haben sich ihm mit Leib und Seele verschrieben – voll bewußt ihres Tuns. Andere wieder sind weniger fanatisch. Sie dürfen nicht vergessen«, schloß er lächelnd, »daß Hades – oder Pluto – unter anderem auch der Gott des Reichtums ist.«

»Ich möchte eine direkte Frage an Sie stellen. Sie verkehren doch hier in der besten Gesellschaft – kennen Sie unter diesen Leuten Hadesverehrer, ich meine, Leute, die einer derartigen

Sekte angehören? Bevor Sie mir antworten, darf ich Ihnen sagen, daß ich ihre Namen nicht wissen will.«

»Ich würde Ihnen gern auch die Namen mitteilen, wenn ich sie wüßte, aber glücklicherweise habe ich mit diesen Dingen direkt nichts zu tun. Meine wissenschaftliche Tätigkeit liegt auf einem anderen Gebiet. Ich weiß wohl, daß solche Sekten existieren, weil ich, ganz allgemein, davon gehört habe, aber um diese Absurditäten selbst habe ich mich wenig gekümmert. Und wo man solche Gemeinden von Hadesverehrern finden kann – das mag der Himmel wissen!«

Cavan erhob sich und streckte seinem Besucher die Hand hin.

»Leben Sie wohl, Mr. Corelly!«

Peter Corelly hatte durchaus nicht die Absicht gehabt, schon zu gehen, aber es blieb ihm nichts anderes übrig, als den Professor zu verlassen.

13

Am Abend speiste Corelly mit Flint zusammen, und zwar in dessen vornehmem Klub.

»Ich hatte gehofft, daß Sie aus Cavan mehr herausbekommen würden«, sagte der Chef bedauernd. »Den ganzen Nachmittag habe ich mit dem Generalstaatsanwalt über diesen sonderbaren Fall verhandelt. Wir waren uns keineswegs im klaren, was wir unter dem Kult des goldenen Hades verstehen sollten. Darum würde uns viel daran liegen, mehr Einzelheiten zu erfahren. Der Staatsanwalt hält Cavan für einen tüchtigen, klugen Mann und hervorragenden Gelehrten, der auf den verschiedensten Gebieten äußerst beschlagen sei. Nun, offenbar kennt er ihn flüchtig und wird vielleicht selbst versuchen, ob er den Professor als Experten gewinnen kann.«

Corelly war nicht gerade rosig gestimmt. Er seufzte.

»Ich kam gar nicht dazu, die Einzelheiten mit ihm zu besprechen. Bevor ich die wichtigen Punkte überhaupt anschneiden konnte, komplimentierte er mich schon wieder hinaus.«

»Das ist schade. Er hätte uns den größten Dienst erweisen können.«

»Natürlich, und ich habe mir seither den Kopf zerbrochen, wie wir Cavan zum Sprechen bringen könnten. Er hat genug Geld und daher kein pekuniäres Interesse, seine Kenntnisse nutzbringend zu verwerten. Auf der anderen Seite ist es aber auch möglich, daß er mir alles über Hadesverehrer gesagt hat, was er weiß.«

»Haben Sie eigentlich nachgeforscht, wer der Requisitenverwalter im Theater ist, und vor allem, wer ihm das gestempelte Geld gegeben hat?«

»Ja, ich habe zwei Dinge geklärt, die mir besonders wichtig erschienen. Einmal die Herkunft des Geldes, zweitens die Geschichte Fattys. Sowohl der Requisitenverwalter als auch Fatty haben die Wahrheit gesagt. Der Mann, von dem die Banknoten für das Theater stammten, macht auch Kinoplakate. Er hatte gerade den Auftrag, ein Aushangplakat für einen neuen Film anzufertigen, der von Geld und Reichtum handelt, und da war ihm die Reklameidee gekommen, die Ränder mit nachgemachtem Papiergeld zu bekleben, so daß das Werbebild ringsum von Banknoten eingerahmt war. Da er aber kein imitiertes Geld mehr zur Hand hatte, schickte er seinen Sohn zu dem Lieferanten, von dem er gewöhnlich solche Scheine bezog. Der Junge kam früher als erwartet zu seinem Vater zurück und erzählte irgendeine Geschichte von einem Mann, den er unterwegs getroffen und der ihm ein Paket in die Tasche gesteckt habe. Der Vater öffnete es, und da stellte sich heraus, daß es sich um ein riesiges Bündel Banknoten handelte. Natürlich glaubte der Plakatmann, daß es die imitierten Scheine für die Kinoaffiche wären, und klebte tatsächlich eine ganze Menge dieser Tausenddollarscheine auf das Aushängebrett. Die Polizei ist jetzt damit beschäftigt, diese wertvollen Papiere mit warmem Wasser wieder abzulösen. Es waren aber so viele Banknoten, daß der Mann kaum die Hälfte davon auf seinem Plakat unterbringen konnte. Er gab daher die anderen, da sie sehr gut aussahen, dem Requisitenverwalter des Theaters, der ihn schon vor einiger Zeit gebeten hatte, ihm gut nachgemachtes Geld zu verschaffen.«

»Dann stimmte also Fattys Geschichte?«

»Vollkommen. Er ist auf seiner Flucht dem Jungen des Plakatmannes begegnet. Eines möchte ich noch . . .«

Corelly brach plötzlich ab und blickte zum Klubeingang.

Eine junge Dame kam langsam durch den Mittelgang des Restaurants – gefolgt von Mr. Bertram, ihrem Vater, der ein sehr nachdenkliches Gesicht machte.

Aber Peter Corelly achtete nur auf die Tochter des Bankiers, die in ihrem gediegenen Abendkleid besonders hübsch aussah. Es schien fast, als ob sie seine Blicke spürte, denn sie wandte unvermittelt den Kopf und sah zu ihm hinüber. Als sie ihm zunickte, sprang er sofort auf. Er beobachtete, wie sie etwas zu ihrem Vater sagte, worauf auch Bertram sich umdrehte und sich leicht in Corellys Richtung verbeugte. Dann verschwanden die beiden im angrenzenden Saal.

»Setzen Sie sich doch, Peter! Sie fallen allgemein auf –«, sagte Flint nervös.

Erst jetzt merkte Corelly, daß er immer noch stand, und murmelte eine Entschuldigung.

»Das war doch der Bankier Bertram mit seiner Tochter!« bemerkte der Chef. »Ich nehme an, Sie haben die Sache heute vormittag zur allgemeinen Zufriedenheit geregelt?«

Corelly ging auf die Frage nicht ein, er starrte zur Tür und beobachtete die Eintretenden – offenbar gab Bertram im kleinen Saal ein Bankett, und Peter wollte zu gern wissen, wer die Gäste des Bankiers waren. Warum er das so genau erfahren wollte, wußte er allerdings selbst nicht. Es war eine reine Gefühlssache. Der erste, den er erkannte, war Willy Boys, der mit gerötetem Gesicht durchs Lokal eilte, als befürchtete er, zu spät zu kommen, und gleich danach kam eine Dame, die Peter nicht kannte, und der er nachschaute. Der Chef behauptete, daß sie eine wichtige Persönlichkeit der Gesellschaft sei.

»Ach, sehen Sie, wer dort kommt!« rief Corelly aus und stieß Flint an.

Der letzte, der sich zu der kleinen Gesellschaft im Nebensaal begab, war Professor Cavan. Er war tadellos gekleidet. Als er durch die Drehtür ins Klublokal trat, trug er den Mantel über dem Arm, und in der Hand hielt er den Zylinder. Er übergab beides einem Pagen, der es zur Garderobe brachte. Dann ging er in aufrechter Haltung durch den großen Mittelgang. Offensichtlich war er sich bewußt, daß alle Augen auf ihn gerichtet waren.

»Glauben Sie, daß er eher bereit wäre, uns zu helfen, wenn wir ihn ins Vertrauen ziehen würden?« fragte Corelly, als der Professor im kleinen Saal verschwand.

»Sie könnten ihn ja noch einmal besuchen und ihm, wenn auch nicht alles, so doch die wichtigsten Punkte mitteilen«, schlug der Chef vor.

»Ja, das werde ich in den nächsten Tagen versuchen.«

Flint saß gern lange und mit Genuß beim Essen. Corelly dagegen machte sich nicht viel daraus. Die lange Speisenfolge war ihm an und für sich schon zu anstrengend und umfangreich, und auf den Nachtisch verzichtete er lieber.

Er entschuldigte sich bei seinem Chef und verließ den Klub.

14

Kaum war Peter Corelly durch die Drehtür auf die Straße hinausgetreten, fiel ihm ein, daß Frank Alwin an jenem Abend, an dem er verschwunden war, hier im Klub mit Wilbur Smith gespeist hatte.

Eine solche Entführung wäre natürlich jetzt, zu so früher Abendstunde, unmöglich. Die Straßen waren belebt, und ein Polizeibeamter stand nur wenige Schritte vom Eingang entfernt. Er hatte die Hände auf den Rücken gelegt und beobachtete den Verkehr. In der Nähe stand eine prachtvolle Limousine, und Corelly erkannte den Butler von Professor Cavan, der sich mit dem Chauffeur unterhielt. Für alle Fälle erkundigte sich Peter noch beim Portier – doch es war tatsächlich der Wagen des Professors. Er wollte diese Gelegenheit nicht ungenützt vorübergehen lassen, denn vielleicht war Cavans Personal weniger zugeknöpft als er selbst.

Der Butler berührte seinen Hut, als Corelly näher kam.

»Guten Abend. Sind Sie nicht der Herr, der neulich beim Professor vorsprach? – Er ist gerade im Klub und speist zu Abend.«

»Ich weiß. Ich habe ihn gesehen. Das ist aber ein herrlicher Wagen!«

»Ja einer der besten, die je in die Vereinigten Staaten eingeführt wurden. Sie sollten den Professor einmal bitten, Ihnen das Auto für einen Ausflug zu leihen!«

Corelly lachte.

»Aber ich kenne doch den Professor nicht gut genug, um eine solche Bitte an ihn richten zu können. Auf jeden Fall ist es ein prachtvoller Wagen.«

»Ja. Allein schon die Innenausstattung kostet ein kleines Vermögen«, versicherte der Butler stolz, öffnete die Tür der Limousine und deutete hinein. »Das Licht läßt sich leider nicht andrehen. Der Professor ist mit seinem Schirm am Verbindungsdraht hängengeblieben und hat ihn zerrissen. Wir haben es erst gemerkt, als er heute abend ausfahren wollte. Aber fühlen Sie doch nur einmal die wunderbare Polsterung der Ledersitze ...«

Corelly hatte schon den einen Fuß aufs Trittbrett gesetzt, als sich ein kleiner Zwischenfall ereignete. Ein Mann trat mit schwankenden Schritten aus dem Schatten und rief laut: »Hallo, Peter! Lieber alter Junge, wie geht es dir denn?«

Corelly wandte sich um. Der Mann mußte allem Anschein nach betrunken sein. Außergewöhnlich war auch, daß er ihn beim Vornamen rief. Nur Wilbur Smith und gelegentlich auch der Chef hatten diese Gewohnheit. Peter wollte sich den Burschen einmal genauer ansehen, der sich eine derartige Freiheit herausnahm.

»Wie geht es denn dem lieben, alten Smith?« krächzte der Fremde heiser.

Dann taumelte er und wäre sicher gefallen, wenn Corelly ihn nicht aufgefangen hätte.

»Nanu, was wollen Sie denn, Sie Trunkenbold?« fragte Peter streng. »Meine Schulter ist kein Kopfkissen!«

»Wie geht's denn dem alten Wilbur Smith?« wiederholte der Mann lallend. Aber dann flüsterte er Corelly etwas zu.

So standen die beiden ein paar Sekunden.

Der Butler beobachtete die Szene und lächelte. Auch der Polizeibeamte hatte den Vorgang verfolgt und kam nun näher.

»Nehmen Sie diesen Mann mit zur Wache!« befahl ihm Corelly. »Ich werde Ihnen helfen, daß Sie ihn sicher von der Hauptstraße fortbekommen.«

»Viel zuviel Mühe, die sich die Leute mit einem Betrunkenen machen –«, brummte der Butler.

Er war enttäuscht, denn er hatte ein viel aufregenderes Ende dieses Abenteuers erwartet.

Der Betrunkene dagegen fand es aufregend genug. »Peter«,

hatte er vorhin dem Kriminalbeamten ins Ohr geflüstert, »wenn Sie in den Wagen steigen, geht es Ihnen schlecht. Ich bin Frank Alwin!«

15

Corelly brachte den ›Gefangenen‹ bis zur nächsten Straßenecke, wo er den Polizeibeamten entließ und ein Taxi heranwinkte. Er schob Frank Alwin hinein und setzte sich neben ihn.

»Nun, Mr. Alwin«, sagte er, als der Wagen in voller Fahrt war, »jetzt können Sie mir erzählen, wie alles gekommen ist.«

Frank lehnte sich in die Polster zurück und lachte nervös.

»Ich wurde fast die ganzen letzten vierundzwanzig Stunden verfolgt – ich bin durchaus nicht betrunken, nur elend und hungrig.«

Corelly überlegte, daß es jetzt gefährlich sein könnte, mit Alwin in ein Lokal zu gehen. Deshalb brachte er den Schauspieler in dessen eigene Wohnung und bestellte aus einem nahen Restaurant das nötige Essen. Frank Alwin war noch so schwach, daß er auch während des Essens auf einer Couch liegen mußte. Schließlich hatte er seinen Hunger gestillt und reichte befriedigt das Tablett zurück.

»So, nun kann ich Ihnen meine Geschichte erzählen ...«

Corelly hörte ihm eine halbe Stunde lang zu, ohne ihn zu unterbrechen.

»Eine phantastische Geschichte! Wenn sie mir ein anderer erzählt hätte, würde ich ihm kein Wort geglaubt haben. Nun – die Gesichter der beiden Männer haben Sie also nie sehen können?«

Alwin schüttelte den Kopf.

»Und Sie haben keine Idee – irgendeinen Anhaltspunkt, wie Sie die Leute identifizieren könnten?«

»Nein. Nur eines ist sicher — als ich über die Mauer kletterte, holte mich der eine der beiden ein und wollte mich festhalten. Ich schlug mit der Eisenstange zu. Der Hieb ging an seinem Kopf vorbei, aber ich traf ihn an der Hand und muß seinen Daumen schwer verletzt haben. Das ging wenigstens aus dem hervor, was er gleich darauf dem andern zurief.«

»Also, nun sagen Sie mir schon alles!« drängte Corelly. »Sie haben etwas auf dem Herzen, das Sie mir noch nicht anvertraut haben. Warum sollte ich nicht in den Wagen steigen?«

Alwin sah zwar jetzt etwas besser aus, war aber noch sehr angegriffen. Seine Kleider waren schmutzig, und er hatte sich nicht rasiert. Schwäche und Müdigkeit übermannten ihn plötzlich, und er schloß die Augen.

»Gute Nacht«, murmelte er und schlief sofort fest ein.

16

Mr. Flint, der Chef der Kriminalpolizei, hatte das Essen beendet und den Kellner um die Rechnung gebeten, als Peter Corelly wieder im Klub erschien, um ihm die neuesten Ereignisse mitzuteilen.

»Leider konnte ich nicht mehr aus ihm herausholen — er ist mir kurzerhand eingeschlafen. Immerhin — ich kann Ihnen eine sonderbare Geschichte erzählen, die ganz unglaublich klingt.«

Flint hörte verblüfft zu.

»Wahrhaftig — das mutet an wie eine Indianergeschichte aus dem Wilden Westen. Meinen Sie nicht, daß Frank Alwin die ganze Sache nur geträumt oder im Fieber erlebt hat?«

Peter schüttelte entschieden den Kopf.

»Nein, dazu ist er ein viel zu ernster und zuverlässiger Mann. Alwin war während des Krieges drei Jahre lang beim Geheimdienst.«

»Das hatte ich vergessen. Jetzt, da Sie es erwähnen, erinnere ich mich, daß man eine sehr gute Meinung von ihm hatte. Um so besser – wenn nun drei so tüchtige Leute wie Sie, Alwin und Wilbur Smith zusammenarbeiten, muß es doch gelingen, die Verbrechen des goldenen Hades aufzuklären. – Dort kommt übrigens Bankier Bertram mit seinen Gästen!«

Corelly schaute interessiert hinüber. Cavan und Bertram waren die letzten, die aus dem Speisesaal kamen und das Klubrestaurant durchquerten. Der Professor schien bester Laune zu sein, doch George Bertram machte eine eher düstere Miene.

»Wo bleibt denn die junge Dame?« fragte Flint.

Corelly wunderte sich auch. Die beiden Herren warteten einige Minuten bei der Drehtür, dann erschien sie.

»Hallo!« sagte Corelly, mehr zu sich selbst. »Da ist etwas nicht in Ordnung.«

Offensichtlich hatte Jose Bertram geweint, denn ihre Augen waren gerötet. Auch ihr Gang und ihre Haltung verrieten Niedergeschlagenheit. Die drei verließen zusammen das Lokal.

Ohne sich bei seinem Chef zu entschuldigen, ging Corelly in den Speisesaal hinüber.

»Nanu, was hat es denn hier gegeben, Luigi?« fragte er den Oberkelllner.

»Sie meinen mit der jungen Dame?« Der kleine Italiener lächelte. »Anscheinend eine Liebesgeschichte! Sie stritt sich mit ihrem Vater. Ich fand es erst nicht weiter aufregend, aber dann verließ sie aufgebracht den Tisch, und als sie zurückkam, rührte sie nichts mehr an. Es kam übrigens auch nicht darauf an – das Dessert taugte ohnehin nicht viel. Unser Küchenchef hat heute einen schlechten Tag.«

Mehr konnte Corelly nicht erfahren. Als er an seinen Tisch zurückkehrte, war Flint bereits verschwunden. Peter dachte an seine Abmachung mit Jose Bertram und beschloß, sie am nächsten Morgen aufzusuchen.

Daß eine junge Dame schließlich einmal bei Tisch weint, war

besonders bei Miss Bertram, die ja bereits Proben ihres leicht erregbaren Temperaments geliefert hatte, nicht weiter erstaunlich. Aber für Peter Corelly war sie eben nicht irgendeine junge Dame, nicht mit irgendwem zu vergleichen. Es war seltsam, daß er so empfand, denn er war im allgemeinen schwer zu begeistern und ließ sich nicht so leicht beeindrucken.

Zu behaupten, Peter hätte sich auf den ersten Blick in Jose Bertram verliebt, wäre nicht ganz zutreffend. Er hatte die junge Dame vor diesem Abend nur ein einziges Mal gesehen, und zwar unter Umständen, die nicht gerade günstig für sie waren. Doch der Eindruck, den sie bei ihm hinterlassen hatte, genügte, um sein Interesse zu wecken. Und während der Unterredung mit Flint dachte Peter eigentlich dauernd an sie. Aber das war noch keine Liebe, es war nur außerordentliches Interesse. Weder jammerte er, noch klagte er die Umstände an, weil sie einer höheren Gesellschaftsschicht angehörte als er, weil ihr Vater ungewöhnlich wohlhabend und sie deshalb unerreichbar für ihn war. Im Gegenteil, er hielt sich für gesellschaftlich gleichberechtigt mit ihr, und der Reichtum ihres Vaters machte ihm verhältnismäßig wenig Eindruck.

17

Bankier Bertram hatte drei Besitzungen – ein großes Haus in New York selbst, eine prachtvolle Villa auf Long Island und einen Landsitz in New Jersey. Und dorthin begab sich Peter Corelly am nächsten Morgen.

Die Familie bestand nur aus dem Bankier selbst und seiner Tochter. Obwohl Jose in bestem Einvernehmen mit ihrem Vater lebte, hatte sie doch eine Wohnung für sich, die den einen Flügel des großen Gebäudes einnahm, während ihr Vater den anderen bewohnte.

Corellys Auto fuhr den langen, von herrlichen Bäumen beschatteten Weg vom Gartentor zum Hauseingang hin, und unwillkürlich kam ihm wieder die Szene in den Sinn, als er Miss Bertram gestern in jenem Geschäft getroffen hatte. Zu gern hätte er gewußt, warum sie im Klub geweint hatte, aber er zweifelte, ob es ihm heute gelingen würde, das Gespräch auf diesen Zwischenfall zu bringen.

Ein Diener in vornehmer Livree nahm seine Karte entgegen.

»Miss Bertram erwartet Sie, soviel ich weiß. Sie hat mir gesagt, daß ich Sie ins Wohnzimmer führen soll. Bitte, folgen Sie mir!«

Peter war nicht wenig erstaunt.

»Mr. Corelly – «, meldete ihn der Diener an.

Jose trat einige Schritte vor, blieb dann aber plötzlich stehen und sah den Besucher entsetzt an. Überraschung, Bestürzung, ja selbst Furcht mischten sich in ihrem Gesichtsausdruck, so daß Peter ein Lächeln unterdrücken mußte.

»Sie haben mich wohl nicht erwartet?« fragte er.

»Ich – ich ...« begann sie verwirrt. »Nein, ich erwartete ... Haben Sie einen speziellen Wunsch? Wollen Sie mich in einer besonderen Angelegenheit sprechen?«

Jetzt war allerdings Corelly überrascht. Er sah, daß sie bleich wurde und sich auf den nächsten Stuhl setzte. Das kam so unvermittelt, daß er unruhig wurde. Er hatte derartige Symptome schon öfters in seinem Beruf beobachten können. Aber es dauerte nur ein paar Sekunden, dann hatte sie sich wieder gefaßt und erhob sich lächelnd.

»Ich hatte Sie ja gebeten, mich zu besuchen. Sie müssen mein sonderbares Benehmen verzeihen, aber ich habe heute morgen schwere Kopfschmerzen. Bitte, nehmen Sie doch Platz!«

Peter kam der Aufforderung nach, fühlte sich aber nicht recht wohl. Er glaubte einen gewissen feindlichen Ton aus ihrer Stimme zu hören. Ihre Gesichtszüge glichen einer Maske, jeder persönliche Ausdruck war daraus verschwunden. Sie hielt sich vollkommen zurück und hatte wahrscheinlich einen bestimmten Grund dafür. Aber worum es sich handelte, konnte er auch nicht annähernd erraten. Deshalb beschloß er, seinen Besuch so bald wie möglich zu beenden. Wie immer, war er sehr offen.

»Miss Bertram, Sie fürchten sich.«

»Da täuschen Sie sich«, antwortete sie steif und richtete sich gerade auf. »Warum sollte ich mich fürchten? Bilden Sie sich etwa ein, daß ich vor Ihnen Angst habe?«

»Nein, natürlich nicht – aber trotzdem ängstigen Sie sich, und es muß einen schwerwiegenden Grund haben.«

Er verzog die Lippen und blickte sie ernst, fast feierlich an. Sie hielt seinem Blick zuerst trotzig stand, aber dann sah sie weg.

»Mr. Corelly – ich sehe nicht ein, warum Sie sich über Dinge Sorgen machen, die Sie gar nichts angehen. Ich bin sehr froh, daß Sie mich aufgesucht haben, denn ich habe Sie ja dazu aufgefordert, aber es ist mir unangenehm, daß Sie so – so ...« Sie stockte, denn sie fand nicht gleich das richtige Wort. »Nun, daß Sie so vertraut mit mir reden.«

»Ja, Sie fürchten sich – es ist unheimlich, ich hätte so etwas nicht für möglich gehalten«, sagte er. »Ich würde viel darum geben, wenn ich Ihnen aus Ihrer schwierigen Lage heraushelfen könnte. Ich weiß, daß etwas passiert ist.«

Sie sah ihn scharf und betroffen an, dann runzelte sie die Stirn. Zum erstenmal, seit er hier war, kam etwas Farbe in ihre Wangen.

»Sie sagen, Sie würden viel darum geben, mir zu helfen?« wiederholte sie fragend. »Das klingt aber doch recht seltsam! Ich habe absolut keine Sorgen. Warum sollten Sie mir helfen?«

Darauf antwortete er nicht. Er hatte den Eindruck, daß sie das nur sagte, um die Unterhaltung nicht abbrechen zu lassen.

Sie ging zum Fenster und sah hinaus.

»Ich erwarte bald einen anderen Besuch«, teilte sie ihm nach einer Weile mit. »Hoffentlich halten Sie mich nicht für unhöflich, wenn ich diese Unterhaltung jetzt abbreche.«

Er erhob sich und trat zu ihr.

»Miss Bertram, ich kam heute nur mit der Absicht hierher, unsere Bekanntschaft zu erneuern, und zwar unter angenehmeren Umständen. Wenn es möglich wäre, hätte ich gern ein paar Fragen an Sie gerichtet. Gewiß, ich kenne Sie nicht näher, und ich habe durchaus kein Recht, mich um Ihre privaten Angelegenheiten zu kümmern. Ich habe auch nicht das Recht, Antworten auf meine Fragen zu verlangen oder Ihnen meine Hilfe aufzudrängen. Dennoch – wenn Sie Sorgen und Schwierigkeiten haben, bin ich ...«

Sie wandte schnell den Kopf und antwortete leise, beschwörend: »Gehen Sie jetzt, bitte! Ich – ich glaube, daß Sie es gut meinen, aber unglücklicherweise können Sie mir nicht helfen. Leben Sie wohl!«

Corelly zögerte noch einen Augenblick, dann nahm er seinen Hut und ging zur Tür. Er hatte die Hand bereits auf die Klinke gelegt, als sie ihn zurückrief. Sie streckte ihre Hand aus, und er ergriff sie.

»Leben Sie wohl!« sagte sie noch einmal. »Wenn ich wirklich in eine sehr schwierige Lage komme, bitte ich Sie vielleicht, mir zu ...« Sie brach ab und zuckte die Schultern. »Aber welchen Zweck hätte es!« rief sie plötzlich leidenschaftlich. »Meine Schwierigkeiten sind ja so ... Was kommt es darauf an, Mr. Corelly?«

Er fühlte die übermäßige nervöse Spannung, in der sie sich befand.

»Was kommt es darauf an?« wiederholte sie aufgeregt, als er nicht antwortete. »Früher oder später muß ich doch heiraten, und ein Mann ist so gut oder schlecht wie der andere ...«

»Also – dann werden Sie heiraten? Das ist allerdings eine ausreichende Erklärung. Würden Sie mir noch gestatten, zu fragen, wer der Glückliche ist?«

Sie sah ihn an, und ihre Lippen verzogen sich verächtlich.

»Er ist der Erwählte der Götter«, sagte sie bitter.

Peter holte tief Atem.

»Ist es etwa der goldene Hades, der das bestimmt hat?«

Sie schrak zusammen und wurde rot.

»Woher wissen Sie das?« fragte sie tonlos.

Ohne ein weiteres Wort verließ sie das Zimmer.

Er wartete, bis sich die Tür hinter ihr schloß, dann ging auch er. Auf der Fahrt zum Portal am Ende des großen Gartens begegnete er Professor Cavans Butler.

Um Gottes willen, dachte er betroffen, sie wird doch nicht etwa diesen alten Kerl heiraten!

Plötzlich fiel ihm Frank Alwins Bemerkung ein: ›Ich habe ihm den Daumen verletzt!‹

Er wollte schon dem Chauffeur zurufen, daß er anhalten sollte, aber dann gab er diese Absicht wieder auf und lehnte sich zurück.

Trotz des schnellen Tempos, in dem sein Wagen vorbeifuhr, hatte er gesehen, daß der Butler einen Verband an der Hand trug.

18

Drei Männer saßen in einem Privatzimmer des Northern-Spitals zusammen und verglichen ihre Aufzeichnungen und Notizen miteinander.

»Frank –«, sagte Wilbur Smith, »wir können dich nicht frei herumlaufen lassen. Du mußt versteckt bleiben.«

Der Schauspieler lachte.

»Da gibt es gar nichts zu lachen«, fuhr Smith unbeirrt fort. »Die Bande ist hinter dir her. Man hat nur noch keine Möglichkeit gefunden, dich unschädlich zu machen, sonst wärst du in diesem Augenblick nicht mehr am Leben. Du weißt zuviel, und vielleicht bilden sie sich ein, daß du noch viel mehr weißt, als es tatsächlich der Fall ist.« Er wandte sich Corelly zu. »Nun, Peter, haben Sie Rhyburns Buchladen aufgesucht?«

Corelly nickte.

»Die Geschichte klärt sich nach und nach auf, aber je mehr ich mich damit befasse, desto mehr wird Miss Bertram belastet. Sie erinnern sich doch noch an den Higgins-Mord, bei dem die Frau des Spielers erschossen wurde? Eben – und Laste sagte damals aus, daß seine Frau die Dollarscheine in einem Buch gefunden habe, das sie am Nachmittag bei Rhyburn gekauft hätte. In der nächsten Nacht wurde in den Laden eingebrochen. Die Frau las sehr viel, und sie bekam diesen Band besonders günstig, weil der Umschlag Tintenflecken aufwies. Aus diesem Grund konnte sich auch der Verkäufer genau auf den Handel besinnen, und nur darum war es möglich, daß ich gleich noch einen weiteren wichtigen Punkt erfuhr. Sie entsinnen sich doch, daß Rhyburn regelmäßig Miss Bertram Auswahlsendungen der neuesten Romane ins Haus schickte. Sie behielt die Bücher, die ihr gefielen, und sandte die anderen wieder zurück. Und das Buch, das Mrs. Laste dann kaufte, gehörte eben zu denen, die Miss Bertram zurückgeschickt hatte. Es besteht kein Zweifel, daß Mrs. Laste darin, zwischen den Seiten versteckt, verschiedene Tausenddollarscheine gefunden hatte. Wahrscheinlich war es sogar eine viel größere Summe, als sie ihrem Mann sagte, da sie doch wußte, daß er alles nur verspielen würde.«

»Wie erklären Sie sich das?« fragte Wilbur Smith. »Glauben Sie, daß Miss Bertram die Scheine zwischen die Seiten des Buches legte und sie dann vergaß? Oder meinen Sie, daß sie das Geld absichtlich darin versteckte und das Buch zurückschickte?«

»Ich habe noch keine Theorie, die die Sache erklären könnte«, erwiderte Peter. »Ich führe nur Tatsachen an.«

Er schien etwas nervös zu sein, und das war ungewöhnlich bei ihm. Wilbur fiel es sofort auf.

»Merkwürdig ist, daß sich diese Ereignisse innerhalb von vierundzwanzig Stunden abspielten – die Rücksendung der Bücher durch Miss Bertram, der Verkauf an Mrs. Laste und schließlich der Einbruch in die Buchhandlung. Und kaum zwölf Stunden darauf ist dann Mrs. Laste erschossen worden!«

»Wir müssen zwei Dinge ausfindig machen«, erklärte Wilbur nach einigem Überlegen. »Zunächst müssen wir den Tempel in dem Garten finden, und dann müssen wir herausbekommen, wer dieser Rosie ist.«

»Ich werde mich vor allem mit letzterem beschäftigen«, warf Frank Alwin ein. »Als ich während des Krieges in Washington war, kam ich mit Lazarus Manton in Berührung, der trotz seines sonderbaren Namens ein hervorragender Polizeibeamter ist. Ich weiß nicht, welchen Rang er jetzt in Scotland Yard einnimmt. Ich habe ihm jedenfalls telegrafiert.«

»Vor allem müssen wir den Philadelphia-Bahnhof beobachten. Die Worte, die Frank am letzten Abend seiner Gefangenschaft hörte, müssen eine besondere Bedeutung haben. Haben Sie etwas in dieser Richtung veranlaßt, Peter?«

Corelly nickte.

»Eine recht schwierige Aufgabe. Ich habe zwei Beamte dorthin beordert, aber ich würde meiner Sache erst sicher sein, wenn ich mehr Leute dafür zur Verfügung hätte.«

»Wo haben Sie die beiden postiert?« fragte Smith.

»In den Warteräumen. Ich bin zwar auch der Meinung, daß wir den nächsten Streich auf dem Philadelphia-Bahnhof zu erwarten haben. Ein paar Stunden jeden Nachmittag verwende ich selbst auf diese Sache. Aber worauf sollen wir denn achten? Alwin kann uns nicht helfen, die beiden Männer zu erkennen, und da wir nicht genau wissen, was sie unternehmen werden, erscheint mir die ganze Mühe von vornherein hoffnungslos.«

19

Trotz seiner pessimistischen Äußerung war Peter Corelly am nächsten Tag auf dem Bahnhof. Er hatte sich auf eine Bank gesetzt, so daß er die Menschenmenge beobachten konnte, die in ununterbrochenem Strom vorüberflutete. Und er bewies dabei einen sechsten Sinn.

Rein instinktiv wandte er seine Aufmerksamkeit einem Mann in mittleren Jahren zu, der einige Pakete unter dem Arm trug. Er schien müde, ließ sich auf einen freien Sitz nieder und legte die Päckchen neben sich auf die Bank. Es war nichts Auffallendes an dem Mann, und Corelly sah wieder die Treppe hinauf, von der die vielen Menschen herunterkamen. Als sein Blick nochmals auf die Bank fiel, bemerkte er, daß sich neben dem Mann mit den Paketen ein anderer niedergelassen hatte, der jedoch nur eine Minute blieb, sich wieder erhob und wegging. Corelly konnte beide nur von hinten sehen – der zweite kam ihm bekannt vor, wenn er ihn im Augenblick auch nicht identifizieren konnte. Der Mann mit den Paketen schaute auf die Uhr und stand unentschlossen auf, nachdem er sich hilflos umgesehen hatte.

Corelly beobachtete genau, wie der Mann einem der Durchgänge zustrebte, die zu den Bahnsteigen führten. Bis jetzt hatte er keinen besonderen Grund, ihn zu verdächtigen, auch dann noch nicht, als in der Nähe des Durchgangs ein Mädchen auf ihn zutrat. Sie sprachen eine Weile miteinander, und er entnahm aus der Haltung des Mannes, daß das Mädchen ihm fremd sein mußte. Nach einiger Zeit gingen beide zu einer Bank in ihrer Nähe. Der Mann legte die Pakete darauf und zählte sie. Das Mädchen stand daneben. Dann nahm er eines der Pakete und übergab es ihr mit einem Lächeln.

Corelly sah immer noch nichts Außergewöhnliches in diesen Vorgängen. Er beobachtete, wie die beiden sich trennten. Der Mann lüftete den Hut und verschwand im Durchgang. Das

Mädchen ging zur Treppe. Sie hatte etwa die Hälfte der Stufen zurückgelegt, als Corelly sich entschloß, ihr zu folgen. Er verlor sie aber aus den Augen, und erst auf der Siebten Avenue sah er sie wieder. Sie ging schnell und schaute weder nach rechts noch nach links. Er überlegte gerade, ob er ihr weiter nachgehen sollte, als plötzlich ein Auto direkt neben ihr hielt. Sie öffnete die Tür und stieg ein, worauf sich der Wagen sofort wieder in Bewegung setzte. Im gleichen Augenblick faßte Peter einen Entschluß. Er war ein vorzüglicher Läufer, und noch bevor das Auto zwanzig Meter zurückgelegt hatte, sprang er aufs Trittbrett.

»Es tut mir leid, daß ich Sie störe –«, begann er kühl, »aber ich . . .«

Plötzlich brach er ab, denn die junge Dame war niemand anders als Jose Bertram.

Ein kleines Paket, von dem sie bereits das Papier halb entfernt hatte, lag auf ihrem Schoß. Es enthielt ein dickes Bündel Banknoten. Ohne ein weiteres Wort zu verlieren, öffnete Corelly die Tür der Limousine und setzte sich neben Jose. Er nahm die Banknoten, ohne daß sie Widerstand leistete, drehte die oberste um und erkannte sofort den Stempel des goldenen Hades.

Auch jetzt wurde kein Wort zwischen ihnen gesprochen. Peter schien die Sprache verloren zu haben. Jose schaute geradeaus auf den Rücken des Chauffeurs. Erst als der Wagen an einer Kreuzung von einem Verkehrspolizeibeamten gestoppt wurde, beugte sie sich vor und gab dem Chauffeur eine Anweisung, der daraufhin die Richtung änderte und die Fünfte Avenue entlangfuhr, bis sie an die Glasscheibe klopfte. Vorher hatte sie die Geldscheine in eine der tiefen Seitentaschen im Innern des Autos gestopft, als wäre es ihr gleichgültig, was weiter damit geschah.

»Wir wollen in den Park gehen –«, sagte sie.

Schweigend wanderten sie nebeneinander her.

Peter wußte nicht, wie er die Unterhaltung beginnen sollte, und sie befand sich offenbar in der gleichen Lage.

»Mr. Corelly«, fragte sie schließlich, »wieviel wissen Sie von der ganzen Angelegenheit?«

»Sie meinen vom goldenen Hades? – Ziemlich viel, Miss Bertram. Aber ich hoffe, daß ich von Ihnen noch mehr erfahren werde.«

Sie preßte die Lippen zusammen, als fürchtete sie, sie könnte ihm ihr Geheimnis verraten.

»Ich bin nicht imstande, Ihnen etwas zu sagen. Welchen Zweck hätte es auch? Dieses Geld gehört mir. Es ist doch kein Vergehen, wenn man eine große Summe bei sich trägt, nicht einmal in New York.«

»Aber es ist schon etwas Besonderes, wenn man Banknoten besitzt, die den Stempel des goldenen Hades auf der Rückseite tragen«, antwortete Peter streng, »denn Banknoten mit diesem Stempel stehen im Zusammenhang mit einem perfiden Mord.«

Sie sah ihn erschrocken an.

»Mord!« wiederholte sie unsicher. »Aber das ist doch nicht Ihr Ernst?«

»Doch, mit Mord und vielen anderen unerfreulichen Dingen. Diese Banknoten haben mit dem berüchtigten Higgins-Mord zu tun, und sie spielen auch eine Rolle bei der Entführung Mr. Alwins ...«

»Das verstehe ich alles nicht«, erwiderte sie bestürzt. »Ich wußte wohl, daß das Ganze eine furchtbare Torheit und ungehörig ist, aber daß ein Mord ... Nein, davon hatte ich keine Ahnung. Bitte, sagen Sie mir doch, daß es nicht stimmt!«

Jose war stehengeblieben und sah ihn verzweifelt an. Er legte die Hand auf ihren Arm, aber sie schrak zurück.

»Miss Bertram, warum lassen Sie mich Ihnen nicht helfen? Das ist mein größter Wunsch. Ich helfe gern einem Menschen, aber bei Ihnen ist es noch etwas Besonderes. Ich kann mit Ihnen sprechen wie ein Bruder – warum trauen Sie mir nicht?«

Sie schüttelte den Kopf.

»Nein, das können Sie nicht – Sie können mir nicht helfen«, sagte sie hoffnungslos. »Ich bin es auch nicht so sehr, die Hilfe braucht.«

»Wer denn?«

»Das kann und darf ich Ihnen nicht sagen. Ich wünschte, es wäre mir möglich – ach, es ist zu schrecklich!«

Er faßte sie am Arm und führte sie einen einsamen Seitenweg entlang.

»Sagen Sie mir wenigstens, seit wann Sie etwas vom goldenen Hades wissen.«

»Seit zwei Tagen.«

Er nickte.

»Dann haben Sie also während des Essens, das Ihr Vater im Klub gab, davon erfahren?«

Sie warf ihm einen schnellen Blick zu.

»Beantworten Sie bitte meine Frage – war es tatsächlich bei dem Essen?«

»Ich wußte es vorher nicht genau, ich hatte nur eine Ahnung – an dem Abend jedoch wurde es mir zur Gewißheit.«

»Haben Sie da auch erfahren, daß Sie heiraten sollen?« fragte er nach kurzem Zögern.

Sie nickte. Aber die Frage ihrer Verheiratung schien unwesentlich zu sein im Vergleich mit einer viel ernsteren und größeren Sache.

»Ich muß jetzt zurückgehen«, sagte sie. »Bitte, begleiten Sie mich nicht, wir werden beobachtet.« Sie gab ihm die Hand und wandte sich zum Gehen. »Wenn ich Ihre Hilfe brauche, Mr. Corelly, dann rufe ich Sie an – ich habe Ihre Nummer, sie steht auf der Karte.«

Sie ging durch den Park zurück. Peter folgte ihr langsam. Er sah gerade noch, wie ihr Wagen abfuhr, dann kehrte er in sein Büro zurück.

Auf seinem Schreibtisch lag ein Brief, aber er machte sich

nicht die Mühe, ihn zu öffnen. Er ließ sich in seinen Sessel fallen, legte die Füße auf den Tisch und dachte lange nach. Und je länger er überlegte, um so mehr wunderte er sich, und schließlich merkte er, daß er sich eine Theorie zurechtlegte, obgleich er doch Theorien haßte.

Dann nahm er den Brief und öffnete ihn.

Es war eine kurze Mitteilung von Frank Alwin. Er hatte nicht auf die Handschrift geachtet, sonst hätte er den Umschlag gleich geöffnet.

Er las:
›Mein lieber Corelly,
eben habe ich dieses Telegramm auf meine Anfrage bekommen. Was halten Sie davon?

Mit verbindlichem Gruß
Frank Alwin‹

Peter entfaltete das Telegrammformular und überflog die Anschrift und die Absendervermerke. Der Text lautete:

›Der einzige uns bekannte Mann mit dem Spitznamen ›Rosie‹ ist John Cavanagh, gewöhnlich Rosie Cavanagh genannt. Er wurde vor vier Jahren aus dem Zuchthaus entlassen, nachdem er wegen schweren Betrugs eine Strafe von zehn Jahren in Portland abgesessen hatte. Das Verbrechen hat er durch spiritistische Sitzungen vorbereitet. Cavanagh hat eine gute Erziehung und Ausbildung genossen. Er verfügt über eine vorzügliche Bildung und muß jetzt im Alter von etwa fünfundsechzig Jahren stehen. Gestalt klein. Besitzt umfassende Kenntnisse in der griechischen Mythologie. Hält sich, soweit hier bekannt, in Spanien auf. Weitere Nachforschungen sind in die Wege geleitet worden.‹

Corelly sah vom Telegramm auf, starrte zur Decke, dann wieder auf das gelbe Formular. Ein ironisches Lächeln spielte um seinen Mund.

20

Professor Cavan putzte prachtvolle Silberlöffel. Er war in Hemdsärmeln, und auch die hatte er aufgerollt, so daß seine sehnigen Arme sichtbar waren. Außerdem hatte er eine große, weiße Schürze umgebunden. Während der Arbeit zitierte er griechische Verse von Sophokles. Der stattliche englische Butler saß auf der Tischkante und rauchte eine dicke Zigarre. Der Diener hatte sich eine Shagpfeife angesteckt und war am Tisch damit beschäftigt, einen Gummistempel zu reparieren.

»Rosie«, sagte der Butler, »wenn du diesen dummen Singsang nicht läßt, schlage ich dir auf den Kopf, daß du Backenzähne spuckst!«

»Laß ihn doch ruhig singen –«, meinte der Diener, »laß ihn tanzen und sonst tun, was er will, wenn er nur nicht redet.«

Der Professor lächelte.

»Na, ihr wüßtet doch nichts anzufangen und würdet bald auf dem trocknen sitzen, wenn ich nicht reden könnte. Ich bezweifle überhaupt sehr stark, ob es noch einen Mann in dieser Stadt gibt, der so unterhaltend sein kann wie ich.«

»Rosie«, sagte der Butler, ohne die Zigarre aus dem Mund zu nehmen, »du hast eine verdammt hohe Meinung von dir. Wenn du so klug wärst, wie du annimmst, wärst du nicht ins Gefängnis gekommen.«

»Wenn ich nicht ins Gefängnis gekommen wäre«, gab Cavan oder Cavanagh zur Antwort, »dann hätte ich dich nicht getroffen, mein Junge. Und hätten wir nicht zusammen auf der gleichen Bank gesessen und Postsäcke genäht, dann hättest du weiter Geldschränke geknackt, um jedesmal hundert Pfund oder noch weniger zu erbeuten, und auf drei Einbrüche wärst du zweimal geschnappt worden.«

»Das ist wohl möglich«, gab der Butler ungerührt zu. »Und was hätte Sam gemacht?«

Sammy sah von seiner Arbeit auf.

»Ich hätte alte Meister gefälscht und die Bilder verkauft. Das ist eine angenehme, ruhige Art, seinen Lebensunterhalt zu verdienen. Ich wollte nur, ich wäre nie auf andere Gedanken gekommen.«

»Ja, jetzt könnt ihr euch beschweren und den Mund aufreißen, aber ich habe euch immer gesagt, daß ihr auch ein Risiko auf euch nehmen müßt, wenn ihr viel Geld verdienen wollt.«

»Aber nicht die Art Risiko, die Tommy auf sich nimmt!« Sam schauerte noch in der Erinnerung zusammen. »Ich werde diese Frau nie vergessen – diese Laste . . .«

Der Butler runzelte die Stirn.

»Es war ihre eigene Schuld«, erwiderte er. »Wenn sie mir das Taschentuch vom Gesicht gerissen hätte, würde sie mich erkannt haben. Sie oder ich! Was sagst du dazu, Rosie?«

Der Professor betrachtete einen glänzenden Löffel mit kritischen Blicken.

»Nun, ich bin schon ein so alter Herr, daß es mir wirklich gleichgültig ist, was passiert. Ich würde, wenn es sein muß, auf den elektrischen Stuhl steigen – man findet dort ein schmerzloses Ende, soviel ich bis jetzt erfahren konnte –, genausogut wie ich bereit wäre, mein Leben in einem amerikanischen Gefängnis zu beschließen. – Du bist eben etwas voreilig, Tom«, schloß er, halb tadelnd, halb entschuldigend.

»Die ganze Sache war dein Fehler!« fuhr der Butler heftig auf. »Hast du nicht diesem verrückten Bankier befohlen, das Geld zu verstecken, damit die Götter es finden und unter die Armen verteilen könnten?«

»Ich sagte ihm aber nicht, daß er es zwischen die Seiten der Bücher legen sollte, die seine Tochter liest«, widersprach Rosie. »Und habe ich wissen können, daß sie die Bücher in den Laden zurückschickt? Ihr hättet es dabei bewenden lassen sollen – es kam ja noch viel mehr nach.«

»Wir haben alle Fehler gemacht«, sagte Sam düster. »Nicht

Rosie war es, der vorgeschlagen hat, das Geld mit einem Pfeil über die Mauer zu schießen – sondern du, Tom!«

»Ich habe aber gleichzeitig vorgeschlagen, daß du auf der andern Seite stehen sollst, um es in Empfang zu nehmen«, gab Tom grimmig zurück.

»Ich wäre auch dort gewesen, wenn ich gewußt hätte, wohin es fallen würde«, verteidigte sich Sammy, ohne sich in seiner Beschäftigung stören zu lassen. »Und ich war auch gleich bei dem Mann, sobald ich ihn wegrennen sah.«

Der Professor lachte.

»Ein ausgezeichneter Witz! Entzückend! Ein Mann, der mit gefälschten Banknoten handelt – höchst tadelnswert!« Er legte den Löffel nieder und sah den Butler an, wobei er den Kopf wie eine neugierige Henne drehte. »Weißt du eigentlich, daß ich beinah in ernstliche Schwierigkeiten gekommen wäre? Ich habe es erst gestern entdeckt.«

»Was für Schwierigkeiten?« fragte Tom und unterdrückte ein Gähnen.

»Miss Bertram bat mich, eine Tausenddollarnote zu wechseln. Das tat ich auch und gab ihr . . .«

»Doch nicht gefälschtes Geld?« fragte der Butler scharf. »Du alter Narr, hast du das getan?«

»Ein unglücklicher Zufall, mein Junge!« erwiderte der Professor leichthin und nahm einen anderen Löffel auf. »Ich habe eine zufriedenstellende Erklärung abgegeben.« Er erhob sich. »Eines müßt ihr jetzt begreifen – obschon es noch nicht bis zu eurem Verstand durchgedrungen zu sein scheint. Es heißt jetzt: Schluß machen und verschwinden! Einige der Besten sind gescheitert, nur weil sie sich etwas zu spät abgesetzt haben.«

Tom Scatwell sah zu ihm hinüber und kniff die Augen zusammen.

»Ich habe noch nicht alles, was ich brauche«, erklärte er bedächtig. »Und ich gehe nicht, bis ich es habe. Wir haben Geld – schön! Es hat auch eine Menge gekostet, bis es soweit war. Doch die Investierung hat sich gelohnt. Wir haben Tausende ausgegeben, um Rosie zu finanzieren und ihm die Stellung in der Gesellschaft zu verschaffen, die er jetzt einnimmt. Allein die Limousine kostete fünftausend und seine Wohnungseinrichtung zwölftausend – aber das ist im Augenblick nebensächlich. Ja, wir haben Geld – aber wir wollen noch mehr. – Der Alte wird nervös, was, Rosie?«

Der Professor nickte.

»Skeptisch, würde ich sagen, das ist ein treffender Ausdruck. Er fühlt sich unbehaglich und bedrückt. Gestern abend fragte er mich, ob die Götter an weiter nichts Interesse hätten als daran, Geld zu verteilen. Das war unangenehm.«

»Eines Tages wird er die Klappe aufreißen und uns verpfeifen«, sagte Tom Scatwell. »Und dann ist Schluß, mein Lieber, Schluß mit uns allen. Wir müssen ihm den Mund schließen, wenn wir nicht alle zum elektrischen Stuhl marschieren wollen. Ach, du brauchst gar kein Gesicht zu ziehen – wir sitzen alle in der Tinte!«

»Ich nicht, mein lieber Thomas«, widersprach der Professor, »falls du den vorsätzlichen Mord meinst. Anwendung von Gewalt steht im Widerspruch zu all meinen Prinzipien und Methoden. Ich habe nie jemandem auch nur ein Haar gekrümmt, wenn ich eine Sache verfolgte, die mich interessierte. Ich bin ein Betrüger –«, betonte er mit bescheidenem Stolz, »das gebe ich zu. Ich beschäftige mich mit alten Kulten und Geheimlehren und schlage Geld daraus, weil ich für die technischen Möglichkeiten des Okkulten ein besonderes Fingerspitzengefühl habe. Als ich mich vor zwei Jahren mit George Bertram darüber unterhielt, ob und wie die alten Götter auf die moderne Welt Einfluß nehmen könnten, hatte ich nicht die geringste Ahnung, daß noch einmal eine so große Sache daraus entstehen würde.«

»Ist er eigentlich verrückt?« fragte Tom.

»Das glaube ich nicht. Er ist nur sehr sensibel und beeinflußbar – außerhalb der Geschäftsstunden!«

Tom Scatwell lachte.

Der Professor strich seinen Bart, bevor er weitersprach.

»Ist ein Mann, der in Monte Carlo nach einem System spielt, vielleicht verrückt? Oder haltet ihr Leute für übergeschnappt, nur weil sie abergläubisch sind und zum Beispiel vor der Zahl Dreizehn Respekt haben oder nicht unter einer Leiter durchgehen wollen? Oder weil sie sich bekreuzigen, wenn sie ein scheckiges Pferd sehen? Vielleicht ist das tatsächlich eine Art Wahnsinn. Aber Bertram ist nicht geisteskrank, er hat nur eine schwache...«

Es klingelte. Sam erhob sich, schlüpfte in seinen Livreerock und ging hinaus.

21

Sam Featherstone kam nach wenigen Minuten ins Wohnzimmer zurück.

»Der Portier hat den Glaser heraufgebracht –«, meldete er, und als Rosie begann, eilig seine Schürze abzunehmen, winkte er ab: »Nur keine Hast – der Mann hat weiter keine Bedeutung. Aber wie war das nun eigentlich, als die Fensterscheiben eingeschlagen wurden?«

»Es ist nicht zu glauben!« klagte Rosie. »Drei an einem Nachmittag – es ist unerhört. Und doch sagt man, daß New York die beste Polizei der Welt habe.«

»Es gehört schon allerhand dazu, ein Fenster im dritten Stock einzuschlagen«, brummte Scatwell, der in Wirklichkeit Haushaltsvorstand war. »Die Kerle müssen Schleudern benützt haben.«

»Es war ein außergewöhnlicher Zwischenfall«, bemerkte Rosie. »Ich saß am Tisch und las zum drittenmal den entzückenden Band von Gibbon – du müßtest ihn unbedingt auch lesen, Tom, der Stil ist flüssig und klar, der Aufbau tadellos –, da kracht plötzlich die Scheibe. Ich sprang sofort auf die Füße ...«

»Ach, mach es doch kurz!« fuhr ihn Tom an. »Niemand erwartet, daß du auf den Kopf gesprungen bist. Hast du gesehen, wer es getan hat?«

»Nein«, antwortete Rosie gekränkt.

Scatwell glitt vom Tisch herunter und ging in Rosies Bibliothekszimmer hinüber. Ein schlanker Mann mit dunkler Hautfarbe und dichtem, schwarzem Haar arbeitete an dem zerbrochenen Fenster. Er schien sich mindestens eine Woche lang nicht rasiert zu haben.

Scatwell, der nur selten die Fassung verlor, blieb sprachlos und verwirrt stehen, als er ihn erblickte, denn dieser Handwerker sah dem Mann täuschend ähnlich, den er als seinen größten und gefährlichsten Feind betrachtete.

»Hallo, Wopsy!« sagte er schließlich aufs Geratewohl. »Wie lange werden Sie zu tun haben?«

Der Mann grinste und schüttelte den Kopf. Dann zog er eine befleckte und beschmutzte Karte aus seiner Bluse und reichte sie Scatwell.

›Dieser Mann spricht nicht Englisch‹, las Tom.

»Kommen Sie aus Italien?« fragte er auf italienisch.

Er hatte sich einmal vier Jahre lang in Neapel versteckt gehalten und die Zeit genutzt, um seine Sprachkenntnisse zu erweitern.

»Ja«, sagte der Mann sofort. »Ich bin erst seit einem Monat in den Vereinigten Staaten. Kam direkt von Strezza zu meinem Bruder, der hier ein gutes Geschäft hat. Es ist schön, wieder einmal die Muttersprache zu hören. Mein Bruder spricht meist nur Amerikanisch und alle seine Freunde auch.«

»Würden Sie gern viel Geld verdienen?« fragte Scatwell, dem plötzlich ein Gedanke gekommen war.

»Natürlich würde ich gern viel Geld verdienen und dann in meine Heimat nach Strezza zurückkehren. Meine Frau ist nicht mitgekommen – ich habe ihr versprochen, daß ich in drei Jahren wieder bei ihr bin. Ja, ich würde alles tun für Geld, vorausgesetzt, daß es sich um eine anständige, ehrliche Beschäftigung handelt. Ich stamme aus einer achtbaren Familie und ...«

»Deshalb brauchen Sie sich keine Sorgen zu machen«, versicherte Tom. »Ich möchte nur einem Freund gern einen kleinen Streich spielen, verstehen Sie? Und dabei könnten Sie mir vielleicht helfen.«

Er verließ den Glaser und ging schnell zu seinen Gefährten zurück.

»Habt ihr den Mann gesehen?« fragte er eifrig. »Habt ihr ihn euch gut angeschaut?«

»Ja, ich habe ihn gesehen«, sagte Sam.

»Hast du nichts Besonderes an ihm bemerkt?«

Sam zögerte.

»Nein.«

»Dann schau du ihn dir einmal an, Rosie!«

Diesmal nahm sich der Professor nicht erst die Mühe, seine Schürze abzustreifen. Er ging aus dem Zimmer und kam sofort wieder zurück.

»Nun?« fragte Scatwell gespannt.

»Ich sehe auch nichts Besonderes an ihm. Wirklich nicht, mein Junge!«

»Dann sieh ihn dir noch mal genauer an, wenn du so blind bist. Der Kerl könnte doch der Doppelgänger Corellys sein!«

»Corelly? Glaubst du, daß es am Ende Corelly selbst ist?« fragte Rosie bestürzt. »Vielleicht ist er in dieser Verkleidung hergekommen?«

»Sei nicht so albern – ich sagte, er könnte der Doppelgänger Corellys sein.«

»Aber warum bist du denn so aufgeregt darüber?« erkundigte sich Sam.

»Er kann sehr nützlich für uns sein, besonders für mich«, erwiderte Scatwell. »Nehmen wir einmal an, wir schneiden ihm

91

das Haar und stutzen ihn auch sonst zurecht – dann könnte er selbst im Polizeipräsidium als Corelly auftreten!«

Samuel Featherstone legte den Gummistempel nieder und ging ins Arbeitszimmer des Professors hinüber, um von dort aus den Glaser zu beobachten. Als er zurückkam, zuckte er die Schultern.

»Ich will nicht sagen, daß dieser Junge Corelly gleicht«, meinte er, »weil ich den noch nie nah genug gesehen habe, um ihn so genau zu kennen. Aber was hast du eigentlich vor, Tom?«

»Ja, das möchte ich auch gerne wissen«, fiel der Professor ein. »Was für eine Idee ist dir gekommen? Ein neues Risiko dürfen wir nicht mehr eingehen – wir stecken schon tief genug in dieser verrückten Geschichte drin, und ich bin der gleichen Ansicht wie Sam – je rascher wir verschwinden, desto besser für uns.«

»Ihr verschwindet erst, wenn ich es will!« fuhr ihn Scatwell an. »Laßt euch das gesagt sein. Ich führe jetzt den entscheidenden Schlag, und ich habe schon halb gewonnen.«

»Es wird aber Schwierigkeiten mit dem Mädchen geben«, wandte der Professor ein. »Sie wird nicht ohne weiteres dem Befehl der – der Götter gehorchen.«

»Aber sie wird sich der Anordnung ihres Vaters fügen. Und wenn ich diesen Burschen da drüben für mich gewinnen kann, ist die Sache so gut wie gemacht. Nehmt doch nur einmal an, sie erfährt, daß ihr Vater an dem Schwindel mit dem goldenen Hades beteiligt ist, und daß wir ihn als Mittäter bei einem Mord ins Zuchthaus bringen können – glaubt ihr nicht, daß sie dann alles tun wird, um unser Schweigen zu erkaufen?«

»Und welche Rolle soll Corelly dabei spielen?« fragte Sam.

»Das werdet ihr schon noch rechtzeitig erfahren«, wich Scatwell aus. »Es handelt sich jetzt nur darum, ob der Italiener den Auftrag annimmt, und ob ihr mir helft, wenn er es tut!«

»Wozu hast du es nötig, eine solche Frage zu stellen?« brummte Featherstone. »Wir müssen dir wohl oder übel helfen, nicht wahr? Geh hin und erkläre ihm die Geschichte!«

Der Glaser äußerte Zweifel, ja sogar Unbehagen.

»Es mag ja ein Scherz sein, aber in meiner Heimat kommt man durch so etwas mit der Polizei in Konflikt. Auch liebe ich solche Scherze nicht. Ich bin fremd in diesem Land, aber ich weiß wohl, daß die Polizei sehr streng ist.«

»Sie sollen doch gar nichts Ungesetzliches tun, sondern sich nur gut anziehen und sich da und dort sehen lassen. Wenn Sie jemand anspricht, geben Sie keine Antwort. Und für diese Statistenrolle können Sie tausend Dollar verdienen.«

Aber der Glaser schüttelte den Kopf.

»Nein, das gefällt mir nicht. Vielleicht ist es doch besser, Sie suchen sich jemanden, der wenigstens die Sprache beherrscht.«

Bei fünfzehnhundert Dollar wurde er jedoch unsicher, und bei zweitausend gab er seine Bedenken auf. Er besaß eine gute Auffassungsgabe und verstand sofort, als Tom ihm die Einzelheiten auseinandersetzte. Er hörte gut zu und stellte verständnisvolle Fragen, aber auf den Vorschlag, unter dem gleichen Dach mit den drei anderen zu wohnen, ging er nicht ein.

»Ich sehe natürlich ein, daß ich nicht im Haus meines Bruders bleiben kann. Das würde Aufsehen erregen, und die Leute würden sicher darüber sprechen. Vielleicht können Sie mir eine Schlafstelle verschaffen. Hier möchte ich nicht bleiben, das wäre nicht klug. Ihr Scherz ist kein Scherz mehr, wenn man mich dauernd aus diesem Haus kommen sieht.«

»Er hat recht«, sagte Rosie. »Vollkommen recht. Wir haben doch noch das Mansardenzimmer, das Sam für besondere Gelegenheiten gemietet hat. Dort kann er schlafen.«

Giuseppe Gatti – so nannte sich der Glaser – wurde dorthin gebracht. Der Professor schnitt aus einer Zeitschrift vom vorigen Jahr ein Foto Peter Corellys aus, nahm eigenhändig Gattis Maße und besorgte die Kleider. Giuseppe bestand aber darauf, seinen eigenen Friseur zu nehmen, einen Landsmann, dem er trauen könne, wie er sich ausdrückte.

Als es gegen zehn Uhr abends klingelte, öffnete Featherstone die Tür und prallte entsetzt zurück.

»Aber – aber – Mr. Corelly!« stammelte er.

Der Besucher antwortete jedoch auf italienisch. Verwirrt und betroffen führte Sam ihn in Scatwells Zimmer.

»Schau ihn an!« sagte er. »Wer ist das?«

Tom sprang auf.

»Ich wußte, daß ich recht hatte. Die Polizei und sogar selbst Smith werden getäuscht werden. Sie müssen nur noch etwas gebückter gehen, Giuseppe – so! Lassen Sie die Schultern ein wenig hängen.« Er machte es ihm vor. »Und wenn Sie gehen, müssen Sie die Füße etwas nachziehen.«

Zwei Stunden lang übten sie mit ihm Corellys Eigenheiten und Gewohnheiten, und am Ende der Unterweisung erklärte Scatwell mit Bestimmtheit, daß Giuseppe nicht mehr von Peter Corelly zu unterscheiden sei.

»Wenn mich nun aber jemand anspricht?« wollte der Italiener wissen. »Was soll ich dann sagen?«

»Niemand wird Sie ansprechen«, beruhigte ihn Tom. »Und wenn es doch geschehen sollte, antworten Sie eben nicht. Ich werde Sie sehr bald zu einer jungen Dame führen. Dann müssen Sie auf jede Frage, die ich an Sie richte, mit ›Ja‹ antworten.«

»Gewiß, das werde ich tun.«

»Noch ein wenig mehr Übung und Praxis –«, meinte Scatwell begeistert, »und ich habe Bertrams halbes Vermögen in der Tasche!«

22

Am folgenden Nachmittag begegnete Peter Corelly Jose Bertram. Sie war in Begleitung Professor Cavans, hatte wieder ihr altes Selbstbewußtsein, strahlte und schien äußerst vergnügt. In ihrem Gesicht zeigte sich nichts mehr von der Depression, die sie tags zuvor gequält hatte. Peter wunderte sich nicht wenig.

»Wie geht es Ihnen, Mr. Corelly? Ich sah Sie heute morgen schon einmal am Broadway, aber Sie nahmen keine Notiz von mir.«

»Am Broadway?« wiederholte er. »Ich war diesen Morgen aber gar nicht am Broadway. Ich habe mein Büro seit gestern abend kaum verlassen.«

Er bemerkte, daß ihn Cavan ungewöhnlich interessiert betrachtete.

»Was haben Sie denn, Professor?« Peter lächelte und legte seine Hand ans Kinn, das mit einem schmalen Streifen Heftpflaster beklebt war. »Ich habe mich heute morgen geschnitten – ist daran etwas Besonderes?«

»Nein, nein, Mr. . . . Ich habe Ihren Namen schon wieder vergessen. Nein, nein, Mr. Corelly. Ich habe Sie zwar betrachtet, in Wirklichkeit aber an etwas ganz anderes gedacht.«

»Sie sind vermutlich sehr beschäftigt, Mr. Corelly?« erkundigte sich Jose. »Hoffentlich nicht zu beschäftigt.«

Ihre Stimme hatte einen Unterton – es klang fast bittend.

Er schüttelte den Kopf.

»Nicht so beschäftigt, daß ich mich nicht um die Angelegenheiten meiner Freunde kümmern könnte«, erwiderte er. »Sie erinnern sich . . .«

»Ja, ich erinnere mich«, sagte sie hastig.

Sie dachte, er habe ihr nochmals seine Telefonnummer mitteilen wollen.

Im Augenblick gab es nichts weiter zu sagen, und er hatte das Gefühl, daß sie die Unterhaltung abbrechen wollte.

23

Die kurze Begegnung mit Peter Corelly hatte Jose Bertram, die ohnehin etwas zuversichtlicher gestimmt war, neue Kraft gegeben und mit Mut erfüllt.

Nachdem sie sich von Peter verabschiedet hatte, ging sie mit Professor Cavan weiter. Vor dem Portal der Inter-State-Bank hielt sie an.

»Ich werde jetzt meinen Vater besuchen«, sagte sie zu ihrem Begleiter. Dann kam sie nochmals auf das Gespräch, das sie unterwegs geführt hatten, zurück. »Ich hoffe, daß Sie mir beistehen werden, Professor! Sie können doch nicht an so abscheuliche Dinge glauben – es ist unmöglich, daß ein intelligenter Mann wie Sie das fertigbringt!«

Der kleine Herr streckte hilflos die Arme aus.

»Ich kann nur glauben, was ich als wahr erkannt habe. Es gibt gewisse Geheimnisse, die dem normalen menschlichen Auge verborgen, den Empfänglichen und Begabten jedoch sichtbar sind.«

»Sie meinen – von den Göttern Begabte?«

»Von den Göttern«, wiederholte er feierlich.

Sie preßte die Lippen zusammen.

»Dann wollen Sie mir also nicht helfen, Vater von diesen Halluzinationen zu befreien?«

»Doch, wenn es Halluzinationen sind. Aber, meine Liebe, es sind eben keine. Ihr Vater ist wirklich besonders begabt, das versichere ich Ihnen. Ich selbst«, beteuerte er mit großer Überzeugung, »hörte Pluto sprechen. In klaren, verständlichen Worten hat er zu Ihrem Vater gesprochen.«

Sie sah ihn ungläubig an, aber er begegnete ihrem Blick, ohne mit der Wimper zu zucken.

»Sie machen doch nur einen Scherz! Sie haben ein Götzenbild – eine Statue – sprechen hören?«

Er neigte den Kopf vor.

»Wann hat Pluto denn Englisch gelernt?«

»Die Götter sind mit allen Sprachen vertraut«, erwiderte er sachlich.

Sie zuckte die Schultern und wandte sich ab.

24

Der Professor ging lächelnd zu seiner Wohnung zurück.

Er hatte viel zu berichten, und Scatwell lauschte mit Genugtuung, als Rosie vom Zusammentreffen mit Corelly erzählte.

»Ihr müßt aber trotzdem vorsichtig sein, Jungens«, sagte Cavan, als er seine kurze Pfeife ansteckte. »Wenn ihr Corelly argwöhnisch macht, und wenn sein Doppelgänger zu häufig gesehen wird, gibt es Nachforschungen, und Giuseppe wird eingebuchtet. Wo ist er denn jetzt?«

»Er ist in sein Zimmer gegangen«, sagte Tom. »Ungefähr vor einer Stunde.«

»Übrigens muß ich dir noch eins sagen. Corelly hat sich am Kinn geschnitten, am linken Mundwinkel. Er hat einen kleinen Streifen Heftpflaster darübergeklebt. Den mußt du bei Giuseppe auch anbringen, wenn du ihn wieder triffst. Außerdem ist der Junge viel zu gut gekleidet. Der wirkliche Corelly sieht wie ein Vagabund aus. Du mußt also vorsichtig sein – wenn der Mann zu gut angezogen ist, fällt er auf.«

Scatwell nickte.

»Sam, geh hin und sage ihm, daß er vor dem Abend nicht ausgehen soll. Das Heftpflaster kannst du ihm auch gleich draufkleben. Zeig Sam doch mal die Stelle, Rosie!«

Cavan wies auf die Stelle und beschrieb Größe und Form des Heftpflasters genau.

Sam machte sich auf, seinen Auftrag zu erledigen. Er traf Signor Giuseppe Gatti dabei an, wie er vor Langeweile mit sich selbst würfelte.

25

Den ganzen Tag über hatte Jose Bertram sich Mut zugesprochen, um sich für den Kampf zu rüsten. Unerträglich langsam war der Nachmittag vergangen, und vergeblich hatte sie versucht, sich die Zeit durch Lesen zu verkürzen. Endlich hörte sie, daß der Wagen ihres Vaters ankam. Gleich darauf vernahm sie seinen leichten Schritt in der Halle. Er kam die Treppe hinauf und ging zu seinen Zimmern im andern Flügel des Hauses.

Wie sollte sie beginnen? Wieviel sollte sie sagen? Und wie weit war er wirklich in diese gräßliche Geschichte verwickelt? George Bertram war ihr immer ein guter Vater gewesen. In seiner freundlichen, liebenswürdigen, manchmal etwas unbestimmten Art hatte er alles für sie getan, was ein Vater nur tun konnte, und sie liebte ihn aufrichtig. Er war ein reicher Mann und konnte sich manche Torheit gestatten – nur diese eine nicht. Ob er geisteskrank war? Schon beim Gedanken daran erschauerte sie. Aber schließlich gab es viele Leute, die merkwürdige Ideen hatten und doch völlig normal waren.

Sie klingelte, und Jenkins, ein Engländer, der schon zwanzig Jahre im Dienst der Familie stand, kam herein.

»Schließen Sie die Tür, Jenkins«, sagte sie. »Ich möchte Sie etwas fragen.«

Der Diener wartete.

»Sie wissen, daß ich Sie nie über meinen Vater ausgefragt habe – es wäre auch ungehörig gewesen, wenn ich es getan hätte. Aber jetzt hat sich etwas sehr Ernstes ereignet, Jenkins, und ich bitte Sie, mir zu helfen, so gut Sie können. – Was ist in dem ummauerten Teil des Parks verborgen?«

Der Diener schüttelte den Kopf.

»Es tut mir leid, daß ich Ihnen darüber keine Auskunft geben kann, weil ich es selbst nicht weiß. Auch sonst niemand im Haus hat die geringste Ahnung, was dort verborgen ist. Als Mr. Bertram dieses Anwesen vor neun Jahren kaufte, war es ein großes, zusammenhängendes Grundstück, und der jetzt abgetrennte Park war offen zugänglich. Man konnte dort ungehindert umhergehen – und ich bin auch tatsächlich oft dort spazierengegangen. Aber als wir vor zwei Jahren von Florida zurückkamen, wo wir den Winter verbracht hatten, war ein großer Teil des Parks abgetrennt und mit einer hohen Mauer umgeben worden. Sie, Miss Bertram, waren damals noch auf der Schule. Ihr Vater ließ das Tor einsetzen, und seit jener Zeit hat meines Wissens niemand mehr jenen Park betreten. Ich glaube, er hat sich dort ein Sommerhaus oder etwas Ähnliches bauen lassen. Gesehen habe ich es allerdings nicht, ebensowenig wie sonst jemand im Haus.«

»Hat Vater verboten, in den inneren Park zu gehen?«

»Ja. Jedem Diener wurde für den Fall der Übertretung des Verbots mit Entlassung gedroht. Und dabei hätte Mr. Bertram es nicht nötig gehabt, zu drohen – wir alle hätten ihm auch sonst gehorcht.«

»Kommt auch kein Gärtner dort hinein?«

»Nein. Ungefähr sechzig Hektar liegen dort brach.«

Sie stützte das Kinn in die Hand.

»Und was sagen die Diener dazu?«

»Ach, sie sagen allerhand –«, erwiderte Jenkins zögernd. »Einige meinen, daß Mr. Bertram noch ...«

Verwirrt hielt er inne, und Jose lachte leise.

»Daß er noch einen anderen Haushalt hat?« fragte sie. »Das wäre nicht ungewöhnlich für einen reichen Mann, aber ich glaube, das ist es nicht.«

Sie erfuhr wenig, was sie nicht schon gewußt hatte, und ging schließlich nach oben, um sich zum Abendessen umzukleiden. Nur selten speiste sie allein mit ihrem Vater. Meistens waren der Professor oder Geschäftsfreunde eingeladen.

Während des Essens war George Bertram einsilbig und nervös. Einmal bemerkte er, daß seine Tochter ihn ernst betrachtete, und senkte den Blick, als wäre er bei einer Handlung ertappt worden, deren er sich schämen müßte. Es kam kaum ein Gespräch zustande, und nach Beendigung der Mahlzeit erhob er sich, um wie gewöhnlich den Rest des Abends in seinem Arbeitszimmer zu verbringen.

Doch Jose hielt ihn zurück.

»Vater, ich hätte gern noch ein wenig mit dir gesprochen, bevor du dich zurückziehst.«

»Mit mir, Liebling?« fragte er leicht überrascht. »Brauchst du etwas? Ich dachte, dein Bankkonto ...«

»Es handelt sich nicht um Geld oder Kleider – es handelt sich um dich.«

»Um mich?«

Er errötete wie ein kleiner Junge. Dieser große, erwachsene Mann hatte überhaupt etwas Kindliches in seinem Wesen. Jose war darüber schon oft verwirrt und erstaunt gewesen.

»Ich möchte mit dir über den goldenen Hades sprechen –«, sagte sie ruhig und selbstsicher.

»Den – goldenen – Hades?« wiederholte er stockend. »Aber, Liebling, das ist eine Sache, die etwas außerhalb deines Bereiches liegt.«

»Ich finde, daß sie ebensosehr etwas außerhalb deines Bereiches liegt«, erwiderte sie freundlich.

Er wurde selten wütend oder zornig, wenn er mit ihr sprach, aber jetzt geriet er doch in Aufregung und schickte sich an, sie mit scharfen, wenn auch wenig eindrucksvollen Worten zurechtzuweisen.

»Du achtest meine Wünsche nicht, Jose! Wirklich, du nimmst überhaupt keine Rücksicht darauf. Neulich abends dachte ich noch, die Götter hätten auch dich ...« Plötzlich trat ein Ausdruck in sein Gesicht, der seine Züge fast verklärte. »Es ist schwer für dich, zu glauben, daß die Götter zu mir gesprochen, daß sie einen Gatten für dich erwählt haben und daß das Glück, das sie dir verleihen, für mich die Belohnung bedeutet für meine Gaben an die Armen, die Pluto mir bezeichnet – aber ...«

Er war immer mehr in Schwung gekommen. Jose, die ihn ängstlich beobachtete, hatte ihm unbeirrt und wie gelähmt zugehört.

»Warte, warte!« unterbrach sie ihn entsetzt. »Die Götter haben zu dir gesprochen? Vater, weißt du denn, was du sagst? Du hast mich furchtbar erschreckt, als du mir neulich ganz nebenbei erzähltest, daß die Götter einen Gatten für mich erwählt hätten. Als ich dich dann am nächsten Morgen darüber befragte und du so ernst und sachlich über die ungeheuren Summen sprachst, die du verschleudert hast...«

»Durch das Walten des gütigen Pluto kommt dieses Geld in die Hände der von den Göttern bevorzugten Armen, die es am nötigsten brauchen«, erklärte er mit wachsender Begeisterung. »Manchmal lautet die Botschaft, daß ich es dem zehnten Mann übergeben muß, der mir begegnet, nachdem die Uhr eine bestimmte Stunde geschlagen hat – manchmal wird es auch mit einem Bogen zum Himmel geschossen und fällt dort nieder, wo es niederfallen soll.«

Sie stand auf, ging um den Tisch herum und legte den Arm um seinen Hals.

»Ja, ja, Vater, so etwas Ähnliches hast du mir erzählt und auch gesagt, daß dir der Gott befohlen habe, eine große Summe am Philadelphia-Bahnhof zu hinterlassen.«

»Nein, nein – nicht so. Der Gott sprach von der Siebten Avenue...«

Sie hätte zugleich lachen und weinen mögen.

»Auf der Siebten Avenue –«, wiederholte er feierlich, »im Tempel des Merkur, dem Palast des Erfolgs, wo die Menschen von feurigen Pferden zum Ende der Erde getragen werden...«

»Ja, der Philadelphia-Bahnhof stimmt mehr oder weniger mit dieser Beschreibung überein, und ich weiß, daß dort Geld zurückgelassen werden mußte. Welches Wunder sollte denn dieses Geld vollbringen?«

Er sah sie seltsam an, als ob er sie nicht mehr für ganz normal hielte.

»Es sollte in die Hände eines Menschen gelangen, der es sehr nötig hatte«, erwiderte er kurz. »Bitte, mische dich nicht in diese Dinge ein, Jose!«

»Und doch ist es in meine Hände gekommen! Dabei brauche ich es gar nicht notwendig – wenigstens im Moment nicht.«

»In deine Hände?«

Bestürzt schaute er sie an.

»Ja – ich beobachtete deinen Boten, und ich nahm das Päckchen von dem Mann, dem es übergeben wurde.«

»Aber – aber – ich verstehe nicht ...«

»Es fiel in meine Hände, und bis jetzt bin ich mit dem Leben davongekommen. Da – schau!« Sie ging zum Büfett und öffnete ein Kästchen, das sie schon vorher aus ihrem Zimmer heruntergebracht hatte. Das Bündel Banknoten, das sie daraus hervorzog, legte sie vor ihn auf den Tisch. »Glaubst du, daß die Götter auch Fehler machen können? Ich hätte die Scheine doch nicht erhalten, wenn sie nicht für mich bestimmt gewesen wären?«

Er ärgerte sich über ihren ironischen Ton.

»Warum hast du das Geld genommen?« fuhr er sie an.

»Ich habe zwar nur eines der Päckchen ergattern können, aber vielleicht hat mein Dazwischentreten dem Mann, für den das Geld bestimmt war, das Leben gerettet.«

»Das Leben –?«

»Ja – das Leben gerettet«, wiederholte sie mit Nachdruck.

George Bertram sah sie verwirrt an. Seine Bestürzung war so groß, daß er darüber sogar seinen Ärger vergaß.

»Willst du mir das bitte näher erklären, Jose?«

»Vater, ich möchte nicht vorlaut sein, aber man sagt, daß die Menschen, die die Götter lieben, jung sterben. Sicher ist jedenfalls, daß sie schnell sterben – hast du einmal vom Higgins-Mord gehört?«

Er runzelte die Stirn.

»Ja, ich erinnere mich an den Fall. Aber was hat das mit dieser Sache zu tun?«

»Ich will dir den Zusammenhang erklären. Die Frau wurde ermordet, weil sich gewisse Leute das Geld verschaffen wollten, das deiner Meinung nach den Armen zugute kommen sollte.«

»Unmöglich!« rief er atemlos. »Ich . . .«

»Ein Detektiv, der ein anderes Bündel deiner Banknoten erhielt, wurde halbtot geschlagen und beraubt. Das Geld, das du unter dem Einfluß Professor Cavans ausgibst, zieht eine Spur gemeiner Verbrechen nach sich – Mord, Mißhandlung, Entführung, Diebstahl, und das alles im Namen der Götter!«

Er sprang auf.

»Ich glaube kein Wort davon!« schrie er hitzig. »Du kannst meinen Glauben nicht erschüttern, Jose! Diese Dinge gehen über dein Verständnis hinaus.«

»Ich habe . . .«

»Kein Wort mehr! Ich sagte dir doch, du wirst meinen Glauben nicht erschüttern!«

Mit diesen Worten verließ er das Zimmer.

26

Jose war ihrem Vater langsam gefolgt, aber als sie in die Halle kam, war er bereits verschwunden. Sie ging wieder in ihr Zimmer hinauf, verschloß die Tür und zog ein einfaches Kleid an. Nun war sie endgültig entschlossen, das Geheimnis um den inneren Park aufzudecken. Aus einer Schublade ihres Frisiertisches nahm sie einen kleinen Revolver, lud ihn und steckte ihn in ihre Tasche.

Sie drehte das Licht aus, öffnete die Fenstertür ihres Schlafzimmers und trat auf den Balkon hinaus. Es war allerdings möglich, daß ihr Vater zu Hause blieb. Gedämpftes Licht drang aus seinem Arbeitszimmer, als sie ihre Wache begann. Nach einer Stunde wurde es dunkel, und wenige Minuten später sah sie ihn auf dem Pfad, der zum ummauerten Park führte. Rasch ging sie ins Schlafzimmer zurück, eilte die Treppe hinunter und lief aus dem Haus.

Sie hielt sich auf dem Rasen, damit ihre Schritte nicht zu hören waren, und zugleich fand sie hinter dem Gesträuch Deckung.

Sie verlor ihren Vater aus den Augen, als er im dichten Laubwerk untertauchte, das die Mauer verbarg. Aber sie hörte, wie er den Schlüssel ins Schloß steckte. Gleich darauf schlug die Tür zu. Nun konnte sie es riskieren, vorzudringen.

Die Mauer war mindestens dreieinhalb Meter hoch. Jose hatte jedoch Vorbereitungen getroffen. Etwa fünfzig Schritte rechts von der Tür war das Gebüsch am dichtesten. Hier hatte sie eine leichte Leiter versteckt, die sie nun hervorzog und gegen die Mauer stellte. Ohne Schwierigkeiten stieg sie hinauf, zog die Leiter nach oben und ließ sie auf der anderen Seite hinunter.

Gleich darauf stand sie zum erstenmal in dem geheimnisvollen Park. Sie prägte sich die Umgebung genau ein, denn es war unbedingt notwendig, daß sie wieder zu ihrer Leiter zurückfand. Zuerst ging sie die Mauer entlang bis zur Parktür, die sie von außen schon oft besichtigt hatte, lange bevor der Plan in ihr reifte, die Anordnungen ihres Vaters zu mißachten.

Ein Pfad führte ins Parkinnere zu dem ihr noch unbekannten Tempel. Der Weg war gut zu erkennen, der Mond schien hell genug, und sie mußte die Taschenlampe, die sie mitgenommen hatte, nicht anknipsen.

Bald erreichte sie den Tempel und blieb bei dem seltsamen Anblick stehen. Es war ein kleines, schönes Gebäude, das sich im Stil an den Tempel der Athene anlehnte.

Armer Pluto! dachte sie und lächelte. Obschon es sich um eine abscheuliche Geschichte handelte, hatte sie von Anfang an die humorvolle Seite der Sache gesehen. Ausgerechnet im Tempel der Athene wurde der Gott der Unterwelt verehrt!

Niemand war zu sehen, nirgends brannte ein Licht. Offenbar hielt man es nicht für nötig, eine Wache aufzustellen. Geräuschlos ging sie über den Rasen und stieg die Stufen zur Säulenvorhalle hinauf.

Die ziemlich große Holztür war offen, und Jose schlich auf Zehenspitzen hinein. Gleich darauf stand sie vor einem schweren Samtvorhang. Durch eine Ritze drang Licht. Sie trat dicht heran und spähte hindurch.

Zwischen zwei Reihen von Säulen sah sie einen Altar, auf dem eine goldene Statue leuchtete. Aber ihre Aufmerksamkeit galt den beiden Männern, die davorstanden. Obwohl die beiden seltsame Gewänder trugen, erkannte sie den kleinen Mann an der Seite ihres Vaters ohne weiteres. Seine Stimme hatte einen schönen, vollen Klang.

»O Hades, du Spender des Reichtums!« rief er und breitete flehend die Arme aus. »Gib diesem Zauderer ein Zeichen! Sprich, o Pluto, du Herr der Unterwelt, du Gott des Reichtums!«

Jose lauschte angestrengt, aber sie hörte keine Antwort. Das Schweigen wurde schon bedrückend, als plötzlich eine Stimme ertönte – eine hohlklingende, laut schallende Stimme, die aus der Statue selbst zu kommen schien.

»Fremdling, erinnere dich an dein Versprechen! Du hast mir gelobt, deine Tochter dem von mir erwählten Mann zur Frau zu geben. Die Stunde ist nun gekommen. Wohlfahrt und Glück umgeben dich, mein Diener...«

Joses Herz schlug wild. Sie hatte das Gefühl, daß sie ersticken müßte, wenn sie nicht ins Freie kam. Ihre Gedanken jagten wild durcheinander. Sie taumelte die Stufen der Vorhalle hinunter und stürzte zu Boden.

Das war also die Lösung des Geheimnisses – auf solche Weise erhielt ihr Vater seine Inspirationen! Jose erhob sich wieder, und obwohl ihre Knie zitterten, eilte sie zur Rückseite des Tempels. Sie erwartete, dort den Mann zu finden, der eben für den goldenen Hades geantwortet hatte, aber sie konnte niemanden entdecken. Verwirrt blieb sie stehen. Das Problem, das es zu lösen galt, verdrängte sogar den Schrecken, der sie gepackt hatte.

Wenn sie gewußt hätte, daß sich in der einen Ecke des Gebäudes hinter den Karyatiden der Ventilationsschacht befand, durch den Frank Alwin geklettert war, dann würde sie das vielleicht als plausible Erklärung des Rätsels angesehen haben. Aber in Wirklichkeit hatte der Schacht ja nichts damit zu tun.

Sie überlegte blitzschnell. Die Stimme Plutos war ihr irgendwie bekannt vorgekommen. Sie hatte geklungen, wie wenn – wie wenn... Ja, natürlich, der Betreffende mußte ein Mikrophon benützt haben! Und der Ton gelangte durch ein Sprachrohr von außerhalb ins Innere des Gebäudes, vermutlich durch eine Röhre, die in gerader Linie zur Statue hinführte.

Jose kniete nieder, preßte das Ohr auf die Erde und vermeinte ein schwaches Geräusch zu hören. Das silberne Mondlicht über dem Park ermöglichte es ihr, rasch die Punkte ins Auge zu fassen, die als Außenstation in Frage kommen konnten. Etwa fünfzig Meter entfernt entdeckte sie eine größere Gebüschgruppe.

Vorsichtig ging sie darauf zu und hütete sich, irgendein Geräusch zu machen. Sie kam an den Rand des Gebüschs und schlich dann behutsam von Strauch zu Strauch weiter. Ab und zu hielt sie an und lauschte, konnte jedoch nichts hören. Als sie sich gerade wieder anschickte, einen Schritt weiter vorzudringen, vernahm sie unerwartet ein kurzes, lautes Summen. Sie erschrak so sehr, daß sie beinahe einen Schrei ausgestoßen hätte.

Das Geräusch konnte nur ein Signal gewesen sein. Sie hielt den Atem an, als ihr diese einfache Erklärung einfiel. Natürlich, der Mann im Tempel mußte doch ein Signal geben, damit sein Komplice draußen wußte, wann er zu sprechen hatte. Und als

Beweis für diese Annahme ertönte jetzt in ihrer unmittelbaren Nähe eine Stimme: »Dies sagt der Herr der Unterwelt ...«

Jose hatte ihre kleine Taschenlampe herausgezogen und leuchtete in die Richtung, aus der die Stimme kam. Ein Mann lag dort mit dem Gesicht nach unten auf der Erde und hielt einen Metalltrichter an den Mund. Sie konnte die schmale Zementeinfassung sehen, in der wahrscheinlich das Sprachrohr und die Signalanlage installiert waren.

»Habe ich das Vergnügen, Pluto oder einen seiner Anhänger vor mir zu sehen?« fragte sie ironisch.

Der Mann ließ das Mundstück fallen und stand fluchend auf.

»Miss Bertram!« rief der Mann.

Sie erkannte ihn an der Stimme.

»Sie sind doch der Butler des Professors?«

Sie hielt den Lichtstrahl auf seine Gestalt gerichtet, während er sich Erde von der Kleidung wischte. Dann knipste sie die Taschenlampe wieder aus.

Die auffallende Gelassenheit dieses Mannes beunruhigte sie.

»Nun ja, es hat keinen Zweck, noch viel zu reden, Miss Bertram«, sagte er. »Ich glaube, Sie wissen jetzt alles, was es über den goldenen Hades zu wissen gibt.«

»Ja, und ich weiß auch alles über Sie! Und morgen, wenn es noch ein Gesetz in diesem Land gibt ...«

»Ach, lassen wir das Gesetz beiseite«, antwortete er kühl. »Das würde keinem von uns helfen, am allerwenigsten Ihrem Vater.«

»Wie meinen Sie das?«

»Also, seien Sie vernünftig und nehmen Sie an, Sie hätten das alles nur geträumt. Tun Sie, als ob Sie nie hinter die Kulissen gesehen hätten, und führen Sie den Befehl des Gottes aus.«

»Ich soll den Erwählten heiraten?« fragte sie und zog die Augenbrauen hoch.

»Jawohl, Sie sollen den Erwählten heiraten – und der Erwählte bin ich!«

Sprachlos sah sie ihn an.

»Sie ersparen dadurch sich selbst viel Unannehmlichkeiten und bewahren Ihren Vater vor schlimmen Dingen«, fuhr er fort. »Nehmen Sie Vernunft an, Miss Bertram! Sie müssen das unbedingt tun, denn Sie allein können Ihren Vater aus der Geschichte heraushalten und uns vor Schwierigkeiten bewahren.«

»Selbst wenn ich könnte, würde ich Ihnen nicht helfen! Keinem von Ihnen. Mein Vater ist unschuldig an den Verbrechen, die Sie begangen haben.«

»Das werden Sie beweisen müssen. Und leicht wird Ihnen das sicher nicht fallen!«

»Und selbst wenn ich wollte, könnte ich Ihnen nichts ersparen. Es ist ein Mann auf Ihrer Spur, der nicht nachlassen wird, bis er Sie dorthin gebracht hat, wohin Sie gehören!«

»Ein Mann auf – meiner Spur?« wiederholte Tom Scatwell feindselig. »Ich denke an den gleichen wie Sie – an Peter Corelly.«

Sie starrte auf seine schattenhafte Gestalt.

»Ich verstehe Sie nicht.«

»Nicht? Ach, Rosie ist nicht so dumm, wie Sie glauben.«

»Rosie?« fragte sie verwirrt.

»Ich spreche vom Professor. Er ist klug, und mag er auch ein Verbrecher sein, er versteht es doch, in den Herzen der Menschen zu lesen. Sie finden kaum einen besseren Psychologen als ihn. Er hat gesehen, mit welchen Blicken Corelly Sie betrachtete, und danach hat er den Fall beurteilt.«

Sie errötete und war dankbar, daß man in der fahlen Dunkelheit ihr Gesicht nicht sehen konnte.

»Sie sind wahnsinnig –«, sagte sie. »Sie wollen mich nur beleidigen – ich gehe jetzt zu meinem Vater zurück.«

»Noch einen Augenblick, Miss Bertram!« Er legte die Hand auf ihren Arm. »Ob Corelly in Sie verliebt ist oder nicht, macht gar keinen Unterschied. Das geht nur ihn an, und ich glaube, ich kann schon mit ihm fertig werden – nachdem wir verheiratet sind. Ob Sie wollen oder nicht – Sie müssen mich heiraten, wenn Sie Ihren Vater nicht unter Mordanklage vor Gericht sehen wollen. Es wird einen Run auf die Bank absetzen, wenn herauskommt, daß er nahezu eine Million Dollar auf diese Weise verschleudert hat – verstehen Sie mich?«

»Ja, ich verstehe –«, murmelte sie und drehte sich um.

Scatwell machte keinen Versuch, sie zurückzuhalten.

27

Es war ein Uhr morgens, als Peter Corelly vor dem Haus des Bankiers Bertram ankam. Jose hatte ihn angerufen, und sie öffnete ihm auch selbst die Tür.

Ein Blick auf ihr bleiches, verstörtes Gesicht verriet ihm, daß etwas ungewöhnlich Ernstes vorgefallen sein mußte.

Sie führte ihn nicht ins Wohnzimmer, sondern in die Bibliothek. Als er durch die Halle ging, sah er einen Mann die Treppe herunterkommen, den er kannte. Es war einer der berühmtesten Ärzte der Stadt.

»Mein Vater hat einen Schlaganfall bekommen«, teilte sie ihm ruhig mit. »Der Arzt glaubt, daß es Monate dauern wird, bis er wiederhergestellt ist.«

Ihre Augen waren rot, und ihre Lippen zitterten, als sie sprach. Corelly hätte kaum etwas anderes zu sagen vermocht, als in konventioneller Weise sein Bedauern zu äußern – deshalb schwieg er.

Sie setzte sich in einen Sessel am Kamin, in dem ein schwaches Feuer brannte, und vermied seinen Blick.

»Und ich selbst bin in größten Schwierigkeiten, Mr. Corelly. Sie sagten mir einmal, Sie möchten mir helfen – ich sollte mich an Sie wenden, wenn ich . . .«

Er lehnte am Kamin und sah sie an.

»Ja, ich bat Sie darum. Erzählen Sie mir, soviel Sie können, und lassen Sie mich vermuten, was Sie nicht sagen wollen. Wann ist das Unglück geschehen?«

»Vor ungefähr zwei Stunden«, berichtete sie leise. »Ich glaube, er hatte große Sorgen und ärgerte sich – über mich. Sehen Sie, Mr. Corelly, ich mußte ihm heute abend etwas sagen, und es war nicht leicht – weder für ihn noch für mich.«

»War er im Tempel?«

Sie sah schnell auf.

»Dann wissen Sie also vom Tempel?«

Er lächelte.

»Ich wußte nicht, wo er ist, aber ich vermutete es.«

Langsam senkte sie den Kopf wieder.

»Mein Vater ist seit zwei Jahren in den Händen einer Verbrecherbande. Ich – ich mußte ihm alles sagen, was ich erfahren hatte. Es gab eine fürchterliche Szene.« Sie nannte keine Namen, aber er wußte natürlich, wen sie meinte. »Mein armer Vater! Er ist anfällig für diese Dinge und hat sich immer für das Okkulte interessiert – er hat sogar ein kleines Buch darüber geschrieben. Wußten Sie das?«

»Ja«, antwortete er kurz.

»Es trägt den Titel ›Die Unterwelt‹. Ich glaube, dieses Buch hat die Aufmerksamkeit der Bande auf ihn gelenkt, und durch den Professor ist mein Vater dann in diese entsetzliche Affäre hineingezogen worden. Ich weiß nicht, wer der Professor ist – für mich war er immer ein amüsanter, etwas eitler Mann. Und wenn er auch in gewisser Weise abstoßend auf mich wirkte, hätte ich ihn doch nie mit solchen Verbrechen in Verbindung gebracht. Ich wußte nur, daß mein Vater und er gute Freunde waren, da er fast jeden Abend bei uns speiste. Ich freue mich sogar darüber, da Vater kaum Freunde und nur selten ein Vergnügen hatte. Ja, ich fühlte mich erleichtert, daß ich nicht allein die Verantwortung für ihn trug!« Sie lächelte schwach. »Sie müssen sich zum erstenmal getroffen haben, als ich noch auf der

Schule war, denn als ich zurückkam, waren sie bereits unzertrennlich – und die große Mauer im Park war auch schon gebaut.«

»Ich verstehe. Daher wußten Sie auch nichts vom Tempel, der dahinter steht. Das fand ich zuerst etwas rätselhaft.«

»Ich hatte keine Ahnung von seiner Existenz, ebensowenig wußte die Dienerschaft davon. Der Tempel muß unter der Leitung des Professors oder seiner Komplicen gebaut worden sein, und es wurden nur ausländische Arbeiter zugezogen. Das habe ich erst erfahren, als ich Nachforschungen anstellte.«

»Haben Sie eine Ahnung, wie Ihr Vater geschäftlich steht?« fragte Peter behutsam.

Es tat ihm leid, als er sah, daß sie zusammenzuckte.

»Ich glaube nicht, daß wir uns darüber Sorgen machen müssen. Vater ist sehr vermögend. Als meine Mutter starb, hinterließ sie mir eine Million Dollar, die von Treuhändern verwaltet wird, so daß ich also wegen der Finanzlage der Bank nicht ängstlich bin.«

Diese Mitteilung erleichterte Peter sehr, denn er hatte in dieser Beziehung die schlimmsten Befürchtungen gehabt. Seltsamerweise fand er, der Name Bertram, seit drei Generationen geachtet und angesehen, dürfte eher noch mit einem Mord in Zusammenhang gebracht werden als mit einem Bankrott.

»Sie müssen mir noch eines zu meiner Beruhigung sagen«, bat er. »Diese absurde Idee, daß Sie den Erwählten der Götter heiraten sollen, ist doch nach diesen Enthüllungen vollständig für Sie erledigt?«

Zu seiner Überraschung antwortete sie nicht sofort und sah ihn auch nicht an.

»Sie meinen doch nicht . . .« begann er nochmals.

»Ich meine, daß diese Heirat stattfinden muß«, erklärte sie gedrückt. »Wissen Sie nicht, daß der Plan dazu von der Bande selbst ausgeht, und daß Repressalien damit verknüpft sind?«

»Das kann ich mir denken«, erwiderte er, »aber es gibt zehntausend Gründe, ein Versprechen, das Ihr Vater oder Sie gegeben haben, nicht zu erfüllen. Um Gottes willen – das dürfen Sie nicht tun! Der bloße Gedanke ist unerträglich.«

Sie schaute immer noch nicht auf.

»Ich möchte Sie bitten, mir in dieser schwierigen Lage zu helfen. Aber sagen Sie mir erst, ob es einen Weg gibt, den Namen meines Vaters aus dieser gräßlichen Geschichte herauszuhalten?«

Nun schwieg er. Er wußte sehr wohl, daß das unmöglich war, und sie deutete sein Schweigen richtig.

»Merken Sie jetzt, daß ich vollkommen in den Händen dieser drei Männer bin, Mr. Corelly? Das Wort meines Vaters steht gegen das ihre, und sie können ihn ... Ach, es ist nicht auszudenken!«

»Sie können ihn in die Mordaffäre hineinziehen, wollten Sie sagen?«

Sie nickte.

»Und Sie glauben, wenn Sie einen von ihnen heiraten, vermutlich den Führer der Bande, würde Ihr Vater in Ruhe gelassen? Miss Bertram, Sie kennen die Mentalität solcher Verbrecher nicht. Die Sache liegt auch gar nicht mehr in Ihren Händen, sie liegt in den Händen der Behörden. Wir haben genügend Beweise...«

Sie schüttelte den Kopf, und zum erstenmal sah sie ihm offen und gerade in die Augen.

»Sie irren sich, Mr. Corelly – Sie haben gar keine Beweise, Sie haben nur Theorien. Nur mein Vater könnte beweisen, daß sie ihn betrogen und hintergangen haben, und er – er ...«

Sie hielt inne und preßte das Taschentuch an die Lippen.

Peter zog zerstreut eine Zigarre aus der Tasche, schnitt das Ende ab und steckte sie an, bevor er sich klarwurde, was er eigentlich tat. Er wollte sie in den Kamin werfen, aber Jose hinderte ihn daran.

»Bitte, rauchen Sie doch!«

Sie fühlten sich beide äußerst unglücklich. Peter setzte sich Jose gegenüber hin und starrte ins Feuer. Sie saß vorgebeugt und stützte das Kinn in die Hände.

»Sie haben nicht unrecht, Miss Bertram«, sagte er schließlich. »Deshalb sind wir ja auch so niedergeschlagen. Es ist eine verblüffende Tatsache, daß wir bis jetzt keine Beweise haben. Niemand sah, wie Mrs. Laste erschossen wurde, niemand beobachtete, als Wilbur Smith halbtot geschlagen und Frank Alwin entführt wurde. Es besteht starker Verdacht, doch dieser Verdacht führt zu keiner Verurteilung.«

Schweigend rauchte er eine Weile. Nur die französische Uhr auf dem Kaminsims tickte, sonst war alles still.

»Ja, Sie haben wirklich nicht unrecht, Jose«, sagte er noch einmal.

Sie sah ihn etwas verwirrt an, aber offenbar wußte er gar nicht, daß er sie eben beim Vornamen genannt hatte. Ruhig sprach er weiter.

»Wir wußten schon die ganze Zeit um diese Schwierigkeiten, seit wir uns mit der Bande beschäftigen. Wir hofften wider alles Erwarten, die richtigen Beweise zu bekommen, aber bis jetzt steht nur eine Person unter unmittelbarem Verdacht – und zwar Sie.«

»Ich?« fragte sie bestürzt.

»Es gibt genügend Beweise, um Sie dreimal verurteilen zu können, aber ich weiß natürlich, daß das Unsinn ist und die Indizien auf einer Täuschung beruhen. Ich weiß auch, daß die Leute im Ernstfall, wenn sie keinen besonderen Grund haben zu schweigen, Ihren Vater in die Mordaffäre hineinziehen, und zwar in einer Weise, die es praktisch unmöglich macht, seine Unschuld zu beweisen.«

Wieder trat Schweigen ein, dann erhob sich Jose.

»Sie sehen also selbst«, sagte sie und machte eine verzweifelte Geste, »daß ich auf die Wünsche dieser Leute eingehen muß – selbst wenn es sich um eine Heirat handelt.«

Peter stand langsam auf. Er lächelte ein wenig, und seine Augen leuchteten seltsam.

»Miss Bertram – dann werden sich eben im Zeichen des goldenen Hades noch ein paar Tragödien mehr abspielen.«

»Wie meinen Sie das?«

»Die Bande besteht aus drei Mitgliedern«, sagte Peter bedächtig. »Rosie Cavan – das ist der Professor, Tom Scatwell – ein anderer englischer Verbrecher, und schließlich haben wir noch Sam Featherstone. Vielleicht hatten sie noch einen Helfer, als sie Wilbur Smith überfielen, aber das ist hier bedeutungslos. Drei Leute also – und wenn die Geschichte nicht anders verläuft, als es zur Zeit den Anschein macht, dann wird es drei weitere Tragödien um den goldenen Hades geben – drei unwiderrufliche Unglücksfälle...«

Im ersten Augenblick verstand sie nicht, aber dann trat sie schnell einen Schritt vor, legte die Hand auf seinen Arm und schaute ihm in die Augen.

»Das werden Sie nicht tun!« rief sie erregt. »Hören Sie? Das dulde ich auf keinen Fall! Lieber will ich alles auf mich nehmen, lieber soll mein Vater die volle Verantwortung tragen, als daß Sie so etwas Entsetzliches tun.« Es war ihr klargeworden, welchen Vorsatz er gefaßt hatte. »Sie dürfen es nicht tun. Versprechen Sie mir, daß Sie es nicht tun – bitte!«

Er sah ihr lächelnd ins Gesicht.

»Es ist viel besser...«

»Peter!«

Dieser Anruf verwirrte ihn.

Aufgeregt trat sie näher.

»Wenn Sie mich nicht ganz unglücklich machen wollen, dann schlagen Sie sich diesen Gedanken aus dem Kopf. Sollen die Schurken die Sache doch vor Gericht bringen!«

Er konnte nicht sprechen. Sie deutete sein Schweigen falsch und griff nach seinem Handgelenk.

»Es muß sich ein anderer Ausweg finden!« drängte sie.

»Bitte, tun Sie es nicht – um meinetwillen! Sie haben mich vorhin Jose genannt, und ich weiß, daß Sie mich . . .«

Plötzlich zog er sie in die Arme.

»Liebe Jose –«, flüsterte er ihr zu, »vielleicht erschieße ich die Kerle nicht, vielleicht vergifte ich sie nur.«

Sie lachte, denn nun wußte sie, daß sie gewonnen hatte.

28

Tom Scatwell kleidete sich mit ungewöhnlicher Sorgfalt an und wählte lange unter den Westen, die ihm der ängstliche Professor herbeibrachte. Tom war ein gutaussehender, stattlicher Mann von neununddreißig Jahren. Die unterwürfige Haltung Rosies zeigte an, daß der Chef nicht in der besten Stimmung war. Sogar der düstere Mr. Featherstone, der sonst nie vor einer Auseinandersetzung mit dem Bandenführer zurückschreckte, verhielt sich schweigsam.

»Wann bist du wieder hier, Tom?« fragte Rosie.

»Kümmere dich um deine eigenen Angelegenheiten!« brummte Scatwell.

»Sam und ich wollten es nur wissen«, entschuldigte sich der Professor, »weil wir heute nachmittag um drei eine Verabredung haben. Wir möchten natürlich, daß du im Bild bist, wenn du kommst.«

»Es ist unwahrscheinlich, daß ich vor drei oder vier wieder hier bin«, sagte Scatwell. »Habt ihr alles gepackt?«

»Alles«, versicherte Cavan. »Wann gehen wir?«

»Mach dir darüber keine Sorgen. Ich werde euch schon rechtzeitig Bescheid sagen.«

»Heute fährt ein Schiff –«, schlug Rosie vor.

»Das nehmen wir nicht – vielleicht gehen wir nach Kanada.«

Rosie beobachtete, wie Scatwell sein Haar immer wieder bürstete und mehrmals seine Krawatte zurechtrückte.

»Tom«, begann er schließlich, »ich bin knapp bei Kasse. Könntest du mir nicht einen Scheck geben?«

»Wieviel willst du haben?«

»Ach, ich weiß nicht«, antwortete der Professor unschlüssig.

»Na, dann überlege es dir gefälligst!«

Scatwell schaute auf die Uhr.

»Erwartest du jemanden, Tom?« fragte Cavan.

Scatwell drehte sich wütend zu ihm um.

»Was geht dich das an?« fuhr er ihn an. »Du bist so nervös und aufgeregt wie eine Katze. Zum Teufel, was mischst du dich immer in meine Angelegenheiten? Du führst dich auf, als ob man dich betrügen wollte.«

Der Professor lachte.

»Ach nein, Tom, das nicht. Das würde ich zuallerletzt von dir erwarten. Wenn jemand wagte, so etwas von dir zu sagen, würde ich ihn glatt niederschlagen.«

»Du – niederschlagen?« wiederholte Tom verächtlich. »Wenn du es absolut wissen willst, ich warte auf den Italiener – da klingelt er schon. Führe ihn herein und laß mich allein mit ihm.«

Er hatte seinen Rock angezogen und betrachtete sich im großen Spiegel, als der Besucher ins Zimmer kam.

»Setzen Sie sich, Giuseppe«, sagte er auf italienisch. »Sie sind spät dran.«

»Ich mußte auf ein Taxi warten«, berichtete Gatti, »aber ich fand kaum den Mut dazu.«

»Wozu brauchen Sie denn Mut?«

»Ein Taxi anzuhalten. Ich fürchtete, man könnte mich entdecken.«

»Sie haben das Geld? Nun hören Sie einmal zu. Ich nehme Sie jetzt zu einem großen Landhaus mit. Dort werden Sie eine junge Dame sehen, die Sie für einen anderen halten wird.«

»Das ist ein Scherz, nicht wahr?«

»Natürlich ist es ein Scherz«, erwiderte Scatwell sarkastisch.

»Und was soll ich tun?«

»Dastehen und schweigen. Sie haben nur anwesend zu sein, weiter nichts. Wenn die Dame zu Ihnen spricht, sagen Sie ›Ja‹.«

»Gewiß.«

Tom nickte befriedigt.

»Also gut. Mein Wagen steht vor der Tür, Giuseppe, wir wollen gleich losfahren. Unterwegs verbergen Sie Ihr Gesicht so gut wie möglich. Ich möchte nicht, daß Sie gesehen werden. Verstehen Sie?«

»Vollkommen«, bestätigte der Italiener und ging voraus.

Scatwell folgte ihm.

In der Diele wartete der Professor. Er grinste und hielt ein offenes Scheckbuch in der Hand.

Scatwell zögerte.

»Hat das nicht noch Zeit?« fragte er. »Wieviel brauchst du?«

»Sagen wir – hundert Dollar?« schlug der Professor in bittendem Ton vor.

»Trage die Summe ein«, sagte Scatwell und schrieb seinen Namen unter das Formular.

Die Tür schlug hinter ihm zu, und gleich darauf hörte man, daß der Wagen davonfuhr. Der Professor sah dem Auto nach, bis es verschwunden war, dann nahm er den Telefonhörer und nannte eine Nummer.

»In fünfundzwanzig Minuten«, sagte er.

Er ging in die Halle und rief Sam. Mr. Featherstone erschien sofort.

»Wann fährt das Schiff?« fragte Cavan.

»Um halb zwölf.«

»Gut. Dann haben wir ja noch Zeit. Hast du die Kabine gebucht?«

»Natürlich«, antwortete Sam bekümmert. »Auf die Namen Miller und Dore. Hier sind die Fahrkarten.«

Er zog seine Brieftasche heraus.

»Alles in Ordnung«, sagte der Professor schnell. »Nun fülle noch diesen Blankoscheck aus.«

»Auf welche Summe?«

»Wie hoch ist sein Konto?«

»Ungefähr fünfzigtausend Dollar.«

»Schreibe fünfundvierzigtausend, dann sind wir auf jeden Fall sicher. Am liebsten ließe ich allerdings dem Schwein gar nichts. Ach, diese verdammten kleinen Verbrecher!«

Während Featherstone den Scheck ausfüllte, strich der Professor seinen Bart.

»Du hast mich noch nicht glattrasiert gesehen, Sam? Es sieht etwas sonderbar aus, aber du wirst meinen Anblick ertragen müssen.«

Featherstone ging mit dem Scheck fort und kam nach zwanzig Minuten mit einem Stoß Banknoten zurück.

»Wie denkst du über das Safedepot?« fragte er.

Aber Cavan schüttelte den Kopf.

»Nein, danke. Der Stempel des goldenen Hades ist darauf, und dieses Zeug möchte ich nicht mit mir herumschleppen. Fünfundvierzigtausend Dollar sind eine ganz schöne Summe, Sam. Es ist nicht alles, was wir verdient haben, aber immerhin – zusammen mit dem anderen, das wir nach England geschickt haben, ist es genug, um zu verschwinden. Wie gefalle ich dir übrigens?«

Er wandte Featherstone sein Gesicht zu.

»Um Himmels willen!« rief Sam, aufrichtig bestürzt. »So siehst du aus? Ich werde nie wieder etwas gegen einen Schnurrbart sagen, nachdem ich das erlebt habe!«

Der Professor schaute zum Fenster hinaus.

»Dort ist unser Taxi. Wo sind die Koffer?«

»Alles bereit«, erklärte Sam prompt.

»Bring sie hinunter, ich komme gleich nach.«

Er warf noch einen Blick des Abschieds und Bedauerns auf

seine Bibliothek, denn Rosie Cavanagh war ein aufrichtiger Bücherliebhaber. Dann verließ er den Raum und schloß die Tür.

Als ein paar Stunden später die ›Mauretania‹ den Hafen verließ, kratzte er sich das Kinn.

»Ich hätte doch eine Notiz für Tom zurücklassen sollen«, meinte er.

»Du treibst die Höflichkeit wirklich zu weit«, erwiderte Sam.

29

Soviel man auch gegen Tom Scatwell sagen konnte, zu seinen Gunsten muß man anführen, daß er kühne Pläne hatte und wagemutig war. Er kannte weder Mitleid noch Schonung – aber Rücksichtslosigkeit verlangt einen gewissen Mut, den er in hohem Maß besaß. Er hatte das deutliche Gefühl, daß sich das Netz um ihn zusammenzog und daß er nur durch ein Meisterstück seine umsichtig angelegten Pläne vor dem Scheitern bewahren konnte.

Sein Begleiter plauderte während der Fahrt zu Bertrams Haus dauernd von Italien und dem Leben, das er dort geführt hatte. Scatwell antwortete nur einsilbig, obwohl ihm das Gerede des Mannes weder störte noch aufregte. Im Gegenteil, er empfand es wie ein monotones, beruhigendes Geräusch, das ihn anregte, seinen eigenen Gedanken nachzuhängen.

Als der Wagen in die Auffahrt einbog, gab er seine letzten Anweisungen.

»Ich lasse in einiger Entfernung vom Haus halten, und Sie bleiben im Wagen. Wenn Sie mich mit einer Dame aus dem Haus kommen sehen, steigen Sie aus und bleiben in der Nähe stehen. Aber Sie dürfen weder sprechen noch lächeln. Sie sollen nur dort stehen. Haben Sie das verstanden?«

»Ja, Signore.«

Etwa fünfzig Meter vom Haus entfernt hielt das Auto. Gewöhnlich hatte Sam Featherstone den Chauffeur gespielt, aber heute hatte Tom Scatwell eine Aushilfe engagiert. Auch dieser Mann erhielt noch Anweisungen.

»Sie steigen aus und gehen den Weg zurück zum Parktor hinunter. Wenn ich Sie brauche, lasse ich Sie holen.«

»Soll ich den Wagen hier stehenlassen?« fragte der Chauffeur überrascht. »Falls Sie ...«

»Halten Sie keine langen Reden, sondern tun Sie, was ich Ihnen sage!« gab Scatwell zurück. »Wenn Sie sich dabei zuviel Schuhleder ablaufen, können Sie es auf die Rechnung setzen.«

Der Mann faßte an seine Mütze und ging.

»Also, denken Sie daran, Giuseppe – wenn Sie mich mit einer Dame herauskommen sehen, steigen Sie aus!«

»Ja, Signore«, versicherte der Italiener.

30

Jose wußte, daß Scatwell an diesem Morgen zu ihr kommen würde. Woher sie das wußte, konnte sie allerdings nicht sagen. Seit dem Frühstück ging sie in der Säulenvorhalle auf und ab.

Sie hatte das Auto schon gehört, bevor es in Sicht kam. Nun ging sie Scatwell entgegen.

»Ich dachte mir schon, daß Sie kommen würden«, sagte sie so selbstsicher, daß er sich wunderte.

Er stand vor ihr und hielt den Hut in der Hand. Seine Haltung verriet, daß er etwas nervös war. Er spielte ein gewagtes Spiel.

»Wie geht es Ihrem Vater?« begann er.

Sie hob abwehrend die Hand.

»Bitte, sprechen Sie nicht von meinem Vater! Das ist wohl

kaum der Augenblick für Höflichkeiten. Welchen Vorschlag haben Sie zu machen?«

Er konnte seine Verwirrung nicht verbergen.

Sie standen noch immer in der Vorhalle.

»Wollen wir nicht hineingehen?« fragter er.

»Nein, wir unterhalten uns hier. Was für einen Vorschlag haben Sie?«

»Einen sehr einfachen.« Er machte eine kleine Pause. »Miss Bertram – das Spiel ist zu Ende, soweit es uns betrifft, und wir wollen aus den Schwierigkeiten herauskommen, um noch größerem Unheil zu entgehen. Ich habe Grund, anzunehmen, daß die Polizei auf unserer Spur ist. Wir haben vermutlich noch achtundvierzig Stunden, um die mexikanische Grenze zu erreichen. Und ich bin bereits auf dem Weg dorthin.«

»Mit Ihren Freunden?«

Er lachte.

»In einem Fall wie diesem sorgt jeder für sich selbst. Die sollen sehen, wie sie durchkommen. Ich gehe nach New York zurück, hebe mein Geld von der Bank ab, und dann ...«

Er zuckte die Schultern.

»Und dann?«

»Hängt alles Weitere von Ihnen ab, Miss Bertram. Ich habe weder den Wunsch noch die Absicht, allein zu gehen. Und ich glaube auch nicht, daß ich allein gehe. Wenn Sie meine Frau sind, vereinfacht sich die Angelegenheit bedeutend. Sie sind die einzige, die wirkliche Beweise gegen uns hat, aber wenn Sie mich heiraten, wird Ihr Zeugnis ja hinfällig, weil eine Frau nicht gegen ihren Mann aussagen kann.«

»Ich verstehe. Nehmen wir einmal an, ich willige ein, mit was für einer anderen Belohnung bedenken Sie mich, außer der zweifelhaften Ehre, den Namen eines Verbrechers zu tragen?«

Er verzog das Gesicht.

»Ihr Vater wird dadurch entlastet, Miss Bertram. Es liegen weder Beweise für noch gegen ihn vor. Wenn Sie meinen

Wunsch erfüllen und versprechen, mich zu heiraten, werde ich vor einem gemeinsamen Freund eine unmißverständliche Aussage machen, die Ihren Vater entlastet.«

»Vor einem gemeinsamen Freund?« fragte sie mißtrauisch. »Wen meinen Sie damit?«

»Peter Corelly. Ich habe ihn mitgebracht.«

Er hatte erwartet, daß diese Mitteilung Überraschung hervorrufen würde, aber auf die Wirkung, die seine Worte tatsächlich auf Jose ausübten, war er nicht vorbereitet. Sie preßte eine Hand auf den Mund, als ob sie einen Schrei unterdrücken müßte, und wurde bleich.

»Mr. Corelly?« fragte sie entsetzt. »Das verstehe ich nicht.«

»Er ist hier –«, versicherte er, befriedigt über den Eindruck, den er erzielt hatte.

»Aber – wie kann er Ihre Aussage mitanhören, ohne Sie zu verhaften? Das ist nicht wahr – Sie wollen mir nur eine Falle stellen!«

Er wandte sich halb von ihr ab.

»Kommen Sie mit! Sie brauchen keine Angst zu haben – Sie bleiben in Rufweite vom Haus. Wie Peter Corelly und ich einig wurden, geht nur uns beide an und tut sonst nichts zur Sache. Wie Sie wahrscheinlich jetzt einsehen werden, sind die Polizeibeamten von New York eben auch nicht unfehlbar.«

Sie blickte ihn zornig an.

»Was soll das heißen? Wollen Sie vielleicht damit andeuten, daß sich Mr. Corelly bestechen läßt? Das ist eine Lüge, das wissen Sie ebensogut wie ich.«

»Ich will gar nichts damit andeuten«, erwiderte er hastig. »Es handelt sich hier nicht um irgendwelche Ideen oder Vermutungen, sondern um vollendete Tatsachen.«

Wilder Schrecken packte sie. Vielleicht wollte Peter seine Pflicht verletzen und diesem Manne zur Flucht verhelfen. Das wäre noch schlimmer als der andere unheilvolle Ausweg, den er vorgeschlagen hatte. Sie zitterte bei dem Gedanken.

Als sie sich dem Wagen näherten, stieg der Italiener aus.

»Wer ist das?« flüsterte sie.

Sie wandte den Blick nicht von dem Mann, während sich die Distanz zum Wagen immer mehr verringerte.

»Peter!« sagte sie halb zu sich selbst.

Schließlich standen sie nebeneinander – der Mann aus dem Auto, das bleiche Mächen und Tom Scatwell, der sehr befriedigt schien über den Ausgang dieses Abenteuers.

»Miss Bertram, in Gegenwart von Mr. Corelly werde ich jetzt mein Versprechen einlösen. – Sie kennen die Aussage, die ich machen will?« wandte er sich an Giuseppe.

»Ja«, antwortete der Italiener.

Sie glaubte Peters Stimme zu hören – und doch war sie es auch wieder nicht. Aber sie hätte darauf schwören mögen, daß es kein anderer war als er – dieses braungebrannte Gesicht, die hängenden Schultern, die vergnügten Augen ...

»Ich erkläre folgendes«, begann Scatwell von neuem. »Mr. Bertram hat nichts mit irgendeinem der Verbrechen zu tun, die im Namen des goldenen Hades begangen wurden. Er ist daran so unschuldig wie seine Tochter. Ich war es, der Mrs. Laste niederschoß, ich war es, der den Schauspieler Frank Alwin und nachher Wilbur Smith entführte. In allen drei Fällen wurde ich unterstützt von Rosie Cavan und Sam Featherstone. Genügt Ihnen das?«

Er sah Jose an. Aber sie konnte nicht sprechen. Ihre Augen waren auf Peters Gesicht gerichtet. Langsam nickte sie.

»Dann sind Sie also jetzt bereit, auch Ihrerseits das gegebene Versprechen zu erfüllen?«

»Ja«, sagte sie leise, konnte aber den Blick nicht von Peters Gesicht abwenden.

Wie seltsam war es doch, daß er unbeweglich stehenbleiben konnte, nachdem er all dies gehört hatte!

»Gut, in zehn Minuten fahren wir«, sagte Scatwell.

»Warum nicht gleich?«

Scatwell fuhr herum und starrte Giuseppe Gatti an.

»Warum wollen Sie noch zehn Minuten warten?«

»Was soll das heißen?« schrie Scatwell mit heiserer Stimme. »Sie sprechen ja englisch – wer sind Sie?«

»Was für eine Frage, nachdem Sie mich eben vorgestellt haben! Ich bin Peter Corelly.«

»Wo ist Gatti?«

»Es hat nie einen Gatti gegeben. Ich kam in Ihre Wohnung, um die Fenster zu reparieren, die ich am Tag zuvor eingeworfen hatte. Ich wollte gerne einmal sehen, wie Sie sich in Ihrer häuslichen Umgebung benehmen. Übrigens wird Ihnen in New York jedermann bestätigen können, daß ich fließend Italienisch spreche. Ich . . .«

Scatwell zog einen Revolver, und Corelly konnte sich gerade noch rechtzeitig niederwerfen, als der Schuß krachte.

Bevor Peter selbst seine Waffe ziehen konnte, rannte Scatwell durch die Hecke, die den Fahrweg zu beiden Seiten einsäumte. Er verschwand im Nu, aber Corelly machte keinen Versuch, ihm zu folgen.

»Ich hoffe . . .«

Bevor er weitersprechen konnte, fielen in schneller Reihenfolge hintereinander drei Schüsse.

Er atmete tief auf.

»Wenn Wilbur Smith nicht die Nerven verloren hat«, sagte er trocken, »dann haben wir den Anführer des goldenen Hades vorhin zum letztenmal gehört.«

Jose brach in seinen Armen zusammen. Er hielt sie noch, als Wilbur Smith und Frank Alwin langsam aus dem Gebüsch auf den Fahrweg hinaustraten. Sie steckten eben ihre Revolver ein.

ANDREW TAYLOR

Erste Krokusse
Roman 5989

Nach der kältesten Nacht des Jahres findet man Mervyn Carrick erhängt in den Zweigen einer alten Eiche. Der Neuschnee hat alle Spuren bedeckt, und es gibt keinen Hinweis auf Täter oder Motiv. Während Inspector Thornhill versucht, Näheres herauszufinden, steckt auch Jill Frances, immer auf der Suche nach einer guten Geschichte für die Lydmouth Gazette, ihre Nase in den Fall...

»Ein exzellenter Autor!« *The Times*

GOLDMANN

MARTHA GRIMES

Fremde Federn
Roman 5270

Eigentlich wollte Superintendent Jury von Scotland Yard einmal Urlaub machen. Doch dann soll er einer alten Freundin zuliebe den Tod Philip Calverts, eines Mitarbeiters der weltberühmten Barnes-Stiftung, aufklären. Noch ahnt Jury nicht, daß Calverts Tod nur ein Glied in einer ganzen Kette von mysteriösen Gewaltverbrechen ist.

»Agatha Christie hat eine würdige Erbin.« *Stern*

Außerdem erschienen:
Das Hotel am See (5285) • Freier Eintritt (43307)
Blinder Eifer (43761) • Gewagtes Spiel (44385)
Wenn die Mausefalle schließt/Der Zug fährt ab (43946)

GOLDMANN

CAROLINE GRAHAM

Ein böses Ende
Roman 5983

Man hat ja in dem kleinen englischen Ort Compton Dando schon einiges gesehen, aber Leute, die mit Geistern Verbindung aufnehmen und mit fernen Planeten in Kontakt stehen, sind hier neu. Die schlimmsten Vermutungen der Dorfgemeinschaft bestätigen sich, als es in dieser dubiosen Gemeinschaft zu zwei rätselhaften Todesfällen kommt...

Krimis in bester englischer Tradition: witzig, charmant, mit feiner Ironie und einem scharfen Blick für die menschliche Psyche

Außerdem erschienen:
Eine kleine Nachtmusik (5976) • Treu bis in den Tod (44384)
Blutige Anfänger (44261)

GOLDMANN

DOROTHY L. SAYERS

Geheimnisvolles Gift
Roman 3068

Die Liaison zwischen dem Schriftsteller Philipp Boyes und der Kriminalautorin Harriet Vane endet nach zwei Jahren mit dem Tod Boyes'. Da Harriet Vane für die Schilderung eines Giftmordfalles mit Arsen experimentierte, weisen alle Verdachtsmomente darauf hin, daß sie ihren Lebensgefährten vergiftet hat. Doch Hobbydetektiv Lord Peter Wimsey ist von Harriets Schuld nicht überzeugt...

Eine der schönsten und hindernisreichsten Liebesgeschichten der Kriminalliteratur

Außerdem erschienen:
Es geschah im Bellona-Club (202) • Mord braucht Reklame (3066)

GOLDMANN